箱の中のあなた

山川方夫 外

箱の中のあなた

상자 속의 그대

山川方夫 外

야마카와 마사오 외

최수민 · 최선영 · 최은경

옮긴이의 말

숨겨진 일본 근대소설을 발굴하고 번역하면서, 한 시대를 살았던 아홉 명의 작가들을 만났습니다. 사랑으로 인해 슬퍼했던 작가도 있었고, 어릴 적 마음의 상처를 입은 작가도 있었습니다. 그들은 자신의 경험과 추억을 글로 표현을 하였고 그 시절의 이야기를 담아두었습니다. 저는 번역 작업을 하며 시대는 다르지만 모두 같은 것에 고민하고 아파했음을 작가의 삶과 문장을 통해 알 수 있었습니다.

사실 처음부터 숨겨진 일본 근대 문학을 알리려고 생각한 것은 아닙니다. 어렵게 일본에서 일본 문학을 전공하고 돌아오니 저는 세상이 요구하는 사람이 아니었습니다. 제가 가진 재능과 관심은 보지도 못한 채 세상이 정해 놓은 틀에 맞춰 살아보려 노력했습니다. 그러다 몇 해가 지난 어느 날, 고된 회사일을 마치고 밤늦게 집으로 돌아오는 길에 문득 이런 생각이 들었습니다. 그래서 결국 나는 지금 무엇을 위해 살아가고 있는가? 세상에 맞춰 따라가기보다 세상이 나를 필요하게 만들자. 그렇다면 나만 할 수 있고 잘할 수 있는 일이 무엇일까 하는 생각을 하게 되었습니다.
저는 일본 근대 문학을 전공하였고 잘 알려지지는 않았지만 글을 쓰는 작가이기도 합니다. 만약 살아있는 동안에 내 글이 알려지지도 못하고 묻힌다면, 시간이 지난 후라도 누군가 내 글을 발굴해 주기를 바라는 마음에서 다른 시대를 살았던 알려지지 않은 작가들의 글을 찾아보기 시작했습니다. 단편의 작품을 찾는 것은 쉽지는 않았으나 시간에 묻혀 있던 보석 같은 작품을 만날 때마다 얼마나 자랑하고 싶었는지 모릅니다. 그리고 작가의 삶을 알면 알수록 제 자신과도 무척이나 닮아 있어 오히려 제가 큰 용기와 위로를 얻었습니다.

이제, 한 시대를 살았던 작가들의 세계로 떠날 차례입니다. 한 시대를 살아내었던 작가의 이야기를 흠뻑 느끼길 바랍니다. 문학은 정해진 답이 없이, 문장을 통해 한 시대의 사람과 다시 만날 수 있다니 놀랍고 매력적이라 생각이 됩니다. 소설 속 문장들과 그 안에 담긴 작가들의 삶과 이야기는 당신을 새로운 세계로 인도할 것입니다.

어느 봄날, 역자 최수민

Contents

쓸쓸한 물고기

寂しき魚

무로 사이세이(室生犀星)

1889.8.1 ~ 1962.3.26

시인이자 소설가. 부모에게 버림받은 일로 어릴 적 외롭고도 괴로운 시기를 보냈지만, 이것이 그의 문학에 깊은 영향을 주어 서정적인 문학작품을 탄생하는 데 큰 영향을 주었다.

시인 하기와라 사쿠타로와 친분이 두터웠으며 1916년에는 함께 잡지 『감정』을 발행. 하기와라와 함께 유망한 시인으로 기대를 받았다. 문학을 사랑한 총명한 아내와 함께 따뜻한 가정을 이루었으며 노마 문예상을 수상한 상금으로 무로 사이세이 시인상을 만들어 후계육성에도 힘을 썼다.

그곳은 강 아래에서부터 이어진 아주 오래된 늪으로 푸르죽죽 우중충한 데다가, 곳곳에 있는 갈대는 어두워질 정도로 우거져 있었습니다.

늪의 물은 때때로 고요한 물결을 바람이 불어오는 틈에 한가득 채우는 것 말고는 아주 잠잠하여 왠지 섬뜩할 정도로 조용했습니다. 가끔 물가의 갈대가 우거질 때면 민물새우의 긴 수염은 물 위까지 삐져나와 뛰어오를 뿐이었습니다.

그 늪은 언제부터 존재하였는지 아무도 모릅니다. 말라버린 일도 없거니와 줄어든 일도 없으며 일렁이는 물은 늘 한가득 차 있었습니다. 거기에다가 흐릿한 연필로 부옇게 그린 듯한 그늘진 햇살은 늦가을답게 무겁고도 낮은 구름을 드리우고 있었습니다.

그곳에는 나이가 아주 많은 물고기 한 마리가 살고 있는데 물가가 갈대로 어두워지면 흐리멍덩히 떠오르곤 했습니다.

그는 물속의 왕자처럼 그 커다란 몸을 수면에 닿을락 말락 움직임도 없이 흔들림도 없이 조용히 천천히 떠오르기만 했습니다. 그 물고기의 푸르스름한 비늘에는 염치도 없이 이끼가 자라고 있어 얼마나 오래 살아왔는지 알 수 있을 정도였습니다. 비늘뿐만 아니라 꼬리와 지느러미까지 미세하고도 촘촘하게 물 때 같은 수초가 자라 놀랄 것도 없이 그의 몸 한쪽에서 같이 흔들거리고 있었습니다.

그 물고기는 항상 무언가 곰곰이 생각하고 있는 듯, 맑고도 차분히 헤엄치고 있었습니다. 예를 들면, 약간 시들기 시작했던 푸른 눈빛은 언제부턴가 흐려지더니 이제는 거의 움직이지도 않게 되었습니다. 언제나 숲속처럼 조용했습니다. 물고기는 쉴 새 없이 하늘을 바라보다 다시 무언가 생각에 잠기고는 곧 늪 바닥 깊숙한 곳을 내다보았습니다. 늪 바닥도 역시 여러 장의 유리판을 합쳐 놓은 듯 잔뜩 흐려져서 어떤 그늘은 짧아지고 또 어떤 그늘은 가늘고 길게 보였습니다.

대나무와 물, 오래되어 찢긴 짚등이 한 쪽에 짙은 그늘을 만들어 그곳에는 잉어와 붕어, 메기 같은 물고기들까지 각자 알을 낳는 장소로 들어가 여느때처럼 푸른 눈으로 밖을 올려다보고 있었습니다. 하지만 그들은 낮 동안은 좀처럼 물 위 공기가 있는 곳까지는 떠오르지 않았습니다. 낮에 떠올랐다가는 너무도 무서울 것 같았기 때문입니다. 그

대신 밤이 되면 그들은 신기하게도 물과 공기의 경계선까지 떠올라 달과 별, 공기, 초목의 속삭임까지 들을 수 있었습니다.

평소와도 똑같이 창망하고도 이상한 하늘, 묘하게 푸르스름하던 숱한 별들은 밤이 되자 늪 위를 덮었습니다. 달과 별의 그늘은 물속의 축제라도 여는 듯 화살과도 같은 푸른 빛의 선상을 난사했고 물고기들은 그 빛 사이사이를 빙빙 헤엄치며 물과 밤하늘의 세계를 한참 누비고 다녔습니다. 그곳은 온통 그들의 친구들이 가득한 세계로 누구도 그 아름다운 세계를 더럽히지 않았습니다.

그저, 물속의 갈대 뿌리가 불어오는 바람을 맞으며 내는 신비로운 낮은 피리 소리, 고요한 수면 위 밤이 깊어질수록 짙어지는 밤이슬의 희미한 소리, 그 외에는 오로지 벌레의 우는소리만 들릴 뿐이었습니다. 벌레는 물속에서도 생겨나는 듯 이곳저곳에서 울고 있었습니다.

하지만 이 늙은 물고기만은 밤새도록 바닥으로 내려가지도, 움직이려고도 하지 않고 꼼짝 않고 굳은 채 한 곳에서 두둥실 떠 있었습니다.

• 창망(滄茫)하다 : 넓고 멀어서 아득하다.

그의 등으로 밤바람이 불어오고 하늘에 별도 달도 뜨면 별의 빛이나 달의 빛이 그에게 내려와 차갑게 젖어 들었습니다. 그럴 때마다 그의 등은 창백하게 빛나고, 조금씩 움찔움찔 비늘 하나하나가 떨리게 되었습니다. 그런 달의 빛과 별의 빛이 이 늙은 물고기에게 있어 얼마나 큰 기쁨이었는지 모릅니다. 그는 그 빛이 닿을 때마다 기쁜 듯이 몸을 조금씩 움직였습니다. 오직 그 순간에만 그의 몸은 살아있는 것처럼 보였습니다. 그 외에는 언제나 가만히, 죽은 듯이 움직이지 않았습니다.

밤에는 이 늪에서 3리 정도 떨어져 있는 큰 도시에 드높은 전등의 바다가 물결치듯 일렁였고, 그것은 마치 거대한 군함처럼 검은빛으로 묵직하고 위엄있게 물 위에 비쳤습니다.

마치 여광과도 같은 은은한 빛이, 늪의 물 위에도 있는 듯 없는 듯 희미하게 띄워져 있었습니다. 물고기는 그 반딧불의 빛 같은 희미한 것들까지도 그리워하며 자신의 몸으로 흡수하고자 했습니다.

'나는 밤이 되면 이 희미한 빛마저 그립다. 저 밝고도 화려

• 여광 (餘光) : 해나 달이 진 뒤에 은은하게 남는 빛

갈매기, 타케히사 유메지, 1929
鷗, 竹久夢二, 1929

한 곳은 대체 어디쯤 있는 것인가. 그리고 그곳은 왜 나에게 보이지 않는 것인가. 이렇게 몸에까지 빛이 비치는데 나는 언제 그곳에 갈 수 있는 것인가?'

그는 이렇게 생각하면서 푸른 눈으로 하늘을 천천히 바라보았습니다. 하늘에는 커다란 도시의 거리 곳곳과 번화한 모습, 음악과 불빛이 마치 지도처럼 펼쳐져 있었습니다. 하얀 도로와 도로, 도시의 수려한 모습 그 모든 것들이 별과 별이 엮어진 모습처럼 바라볼 뿐이었습니다.

'그곳에는 뭐든지 있다. 내가 오랜 기간 꿈꾸던 불가사의한 나라가 있다. 그곳은 전부 빛으로 채워져 있다. 이 늪 같은 어둠과 물이끼, 쓰레기가 그곳에는 하나도 없다.'
물고기는 이렇게 생각하며 조금씩 몸을 움직였습니다. 별의 위치가 변함에 따라 그도 조용히 위치를 바꿔갔습니다. 마치 자로 잰 것처럼 정확히 그리고 자연스럽게 그는 하늘의 움직임을 몸으로 받아들이면서 의지를 계속 지켜나가고 있었습니다.

'나는 언제나 나도 모르는 사이에, 물가 건너편 어둠까지 날아가듯 움직이고 있다. 이상하게도 나조차 대체 어디서

나온 힘인지 알 수가 없다. 그렇게 물가 건너편 어둠 속에 다다르게 되면 곧 푸르스름한 새벽이 올 것이다. 그곳은 물도 차갑다. 새로운 물이 솟아나고 있다.'
물고기가 이렇게 중얼거리는 사이에 희한하게도 그의 몸이 북쪽으로 북쪽으로 흘러가고 있었습니다. 별들도 모두 북쪽으로 움직이는 것처럼 점점 빛을 잃어 갔습니다.

물고기는 때론 따가운 햇볕을 받으며 늪의 기슭 쪽에 몸을 비벼 부슬부슬 떨어지는 흙덩이까지 반갑게 먹어 치웠습니다. 때론 나무뿌리에 몸을 다치는 것도 신경 쓰지 않고 바짝 다가가 고통스러운 듯 괴로워하였습니다.
'내가 아직 보지 못한 곳이 있다. 이 물가 위로 기어오를 수 있다면 그곳이 어딘지 확실히 알 수 있을 것이다. 나는 매일 이 물가로 와서 하늘을 바라보고 있다. 물가와 이어져 있는 진귀한 산과 강 그리고 밤이 되면 밝아지는 도시가 이 물가 너머에 있는 것이다. 나는 그것을 생각하면 참을 수가 없다.'

그는 그렇게 생각하면서 축축해진 물가의 흙을 파팍 먹고는 괴로운 듯이 뱉어냈습니다. 흙탕물이 지저분하고 더러운 물길을 만들며 흘러갔습니다.

'이 흙의 맛조차도 지금은 나를 괴롭히는 것뿐이다. 나는 하루빨리 눈부신 지상으로 나가고 싶다. 신비로운 지상, 아직 보지 못한 것이 수없이 펼쳐질 지상…'

물고기는 깊이 생각하다 이번에는 피곤했는지 멍하니 둥둥 떠 있었습니다. 그것은 마치 늪의 물속에 햇빛이 내려와 어느새인가 비늘의 색조차 앗아간 것처럼 보였지만 그래도 계속, 할 수 있는 한의 노력과 인내로 집요하게 그 물가를 떠나려 하지 않았던 것입니다.

다른 여러 물고기는 모두 어둡고 시원한 바닥으로 가라앉아 낮에는 평온하게 잠을 취했습니다. 누구 하나 이 늙은 물고기가 물 위에서 항상 움직이지도 않고 있는 줄은 눈치채지 못했습니다. 게다가 그 정도는 팔팔한 젊은 물고기들에게 아무 일도 아니었습니다.

그저 그들은 가끔 바닥에서 물 위에 멍하니 떠 있는 크고 늙은 물고기의 모습을, 마치 그린 것 같은 모습으로 떠 있다는 것을 신기한 듯 쳐다보고 있었습니다. 그중에는,
"저건 역시 물고기 중 하나일까. 저렇게 큰놈이 이 늪에 있었던가."

라고 붕어 같은 놈이 말하자 똬리를 튼 긴 물고기는 이렇게 대답했습니다.

"아니 저건 물고기일 리 없어. 항상 저기 있으니까. 아직 나는 저놈이 움직이는 것을 본 적이 없거든."

하지만 잉어처럼 영리한 꼬리와 지느러미를 가진 다른 물고기가,
"저건 이 늪에서 가장 큰 물고기야. 저놈은 몇 년 전부터인지 모르겠지만, 저곳에서 꼼짝 않고 무언가를 생각하고 있는 것 같아. 아무것도 먹지 않는 것 같은데 물만 마시다가 다시 내뱉는다더군. 재 옆으로 가면 왠지 역겨운 냄새가 나는 거 같아."

이렇게 말을 하고 기분 나쁜 듯 그 그림자를 조용히 바라보았습니다.

"하지만 저 녀석은 대체 무엇을 생각하고 있는 걸까?"
붕어 같은 놈이 물때를 긁어내면서 하품을 하고 또 하면서 말했습니다.

하얀 조개 껍데기, 코가 하루에, 1932
白い貝殻, 古賀春江, 1932

"글쎄, 무엇을 생각하고 있는 걸까?"
라고 기다란 놈이 대답한 뒤 느릿하게 빙글빙글 꽈리를 틀며 휴식을 취했습니다.

그때 물 위의 그림자는 햇빛에 아지랑이처럼 흔들거리며 늪의 바닥 쪽까지 윤곽을 그리듯 아주 희미한 그림자를 드리웠습니다. 탁해진 물밑에서는 그림자가 너무도 컸기에 오히려 작은 물고기들은 누구 한 마리도 아는 자가 없었습니다.

늙은 물고기는 역시나 매일같이 떠올라 있었습니다. 슬프게도 가끔 빠끔히 공기를 한입 빨아들이고는 다시 내뱉고 그러다 쓸쓸하게 긴 호흡을 내뱉었습니다. 그 물거품은 금방 사라져 버렸습니다. 그리고 또다시 물고기는 죽은 거나 다름없이 움직이지 않는 모습으로 오래오래 그곳에 머물러있었습니다.

'내가 이러는 동안, 묘하게 의식이 멀어지는 날이 계속 이어지는 건 대체 무슨 일인가. 머리가 저릿저릿해지고 금방이고 나도 모르는 사이에 꾸벅꾸벅 졸고 있다. 마치 꿈을 꾸고 있는 듯…'

라고 그는 서서히 갈대의 뿌리에 몸을 의지하며 너무도 약해진 몸을 지그시 바라보며 중얼거렸습니다. 사실 그를 이전과 비교해보자면 몸은 말라 있었고 비늘의 윤기는 거의 사라졌으며 꼬리지느러미도 어딘가 휘청휘청 점점 부자연스럽게 움직이는 모습이 보였습니다. 그의 눈은 흐리멍덩해져 버려서 무엇을 바라보고 있는지 모를 정도로 연약하고 맥없어 보였습니다.
'나는 나 자신조차 점점 몸이 무거워지는 듯한 기분이 든다. 걸핏하면, 가만히 있을 수 없게 어떤 놈이 나를 끌어당기고 있는 기분이 든다. 이 때문에 나는 묘하게 휘청휘청하는 것이다.'

이렇게 생각하면서도 역시나 다시,

'이 물가 너머에 무언가가 있다. 나는 모르겠지만 무언가가 이루어지고 있다. 우리 세계에 없는 것이 그곳에 있다.'
라고 생각하다 다시 비틀거렸습니다.

'내 몸 위에 무언가가 타고 있는 기분이 든다. 그 때문에 나는 무거워서 자유롭게 헤엄치지 못하는 것일지도 모른다.'

물고기가 이렇게 생각하는 순간 저절로 뱅그르르 뒤집혀 하얀 배를 드러내 보였습니다. 눈에 띄던 하얀 배는 딱하게도 빛바랜 색을 띠고 있었습니다.

'그러나… 나는 이제 일어날 힘조차 없어졌다. 하지만 이건 뭐랄까 좋은 기분일까. 황홀하고 뭐라 말할 수 없는 기분이다. 어쩌면 나는 이대로 일어나지 못한 채 숨이 끊어질지도 모른다. 그렇다 하더라도 나는 어쩜 이렇게 평안하고도 좋은 기분이 드는 것인가.'

그가 이렇게 생각하는 동안 하얀 배에서는 이제 더는 맥박이 뛰지 않았습니다. 너무도 길게 살아온 늙은 물고기는, 묵직한 지금의 모습이 물에 새겨진 듯 고요한 물 위에 온전히 떠 올랐습니다.

그는 몇 년 동안 꿈꾸던 땅 위의 존재, 그 무엇 하나도 찾을 수가 없었습니다.

그저 평온한 죽음만이 그에게 찾아왔을 뿐이었습니다.

●

언제 죽음이 닥쳐올지도 모르는 나이에 꿈을 꾸면 바보 같은 짓일까요? 어쩌면 나의 이상을 이루는 것보다 이상을 향해 나아가는 나의 용기가 가장 아름다운 것이 아닌가 생각이 듭니다.

상자 속의 그대

箱の中のあなた

야마카와 마사오(山川方夫)

1930.2.25 ~ 1965.2.20

게이오 대학 문학부 불문과 출신. 1958년 『연기의 끝』으로 제39회 아쿠타가와상 후보에 올랐다. 1959년 『그해 일 년』, 『바다의 고발』로 제40회 아쿠타가와상 후보가 되고, 1961년 『해상공원』으로 제45회 아쿠타가와상 후보가 되었다. 1964년 『크리스마스 선물』로 제50회 나오키상 후보가 되고, 『사랑처럼』으로 제51회 아쿠타가와상 후보가 되었다. 하지만 수상으로 이어지지는 못했다.
1965년 2월 19일, 밤을 새워서 완성한 원고를 철도편으로 『부인공론』 편집부에 보내기 위해 집 근처 역으로 가다 소형 트럭에 부딪혀 병원에서 사망하였다. 당시 그의 나이는 겨우 34살. 달콤한 신혼 생활을 시작한 지 9개월도 채 지나지 않았을 때였다.

"저기, 실례합니다."

부드러운 도시 분위기가 느껴지는 남성의 목소리가 말을 걸어왔다. 여자는 두렵고 의심스러운 마음에 불안한 모습으로 멈춰 섰다.

절벽 너머는 아름다운 석양으로 붉게 물들고 있었다. 말의 등과도 닮은 땅바닥에는 드문드문 나무의 길고 가느다란 그림자가 드리워져 있다.

"정말 풍경이 참 좋네요. 이건 무슨 나무인가요?"
친근한 목소리로 이 지방에서만 자라는 녹색 화염같이 생긴 나무를 가리키며 남자는 물었다. 남자는 목에 카메라를 메고 있었다.

태도로 보나 말투로 보나 남자는 도쿄 근방에서 온 관광객이 틀림없었다. 이 지역에는 초여름부터 관광 시즌이 시작되어 역 앞에는 환영의 의미로 큰 아치를 세워둔다. 올해도 벌써 열흘 남짓, 여자는 매일 그 아치를 바라보며 지나왔다.

"죄송하지만" 남자는 말했다.

"여기서 사진 한 장 찍어 주시지 않겠습니까?"

망부석처럼 꼿꼿이 선 그녀는 남자의 부드러운 목소리가 흘러나오는 입술조차 제대로 바라볼 수 없었다. 여태껏 '남자'라는 존재의 얼굴을 제대로 바라본 적이 없었기 때문이었다.

이렇게 내성적이며 겁이 많은 성격이 결국 서른이 넘은 오늘날까지 그녀를 혼자 살게 했는지도 모른다. 목덜미 쪽은 새빨개지고 극도의 긴장감 탓에 그녀의 호흡은 꽉 막혀오는 듯했다.

남자는 밝은 목소리로 말했다.

"사실 말이죠, 기념으로 이 풍경을 배경으로 해서 저를 한 장 찍어주셨으면 합니다. 구도 잡는 건 제가 할 테니 그저 셔터만 눌러주시면 됩니다. 부탁드릴게요."

여자는 무서움이 잔뜩 깃든 얼굴로 잠시 길가를 둘러보았다. 아무도 지나가지 않았다.

"부탁드려요."

남자는 상냥한 목소리로 다시 말했다.

여자는 손을 뻗었다. 주뼛주뼛 카메라를 건네받고는 어색하게 가슴에 품었다. 그리고는 열심히 조금은 부예진 남자의 영상을 작은 상자 속 어두운 유리판 위에 포착하는 것에 집중했다. 겨우 초점이 맞았다. 여자는 크게 호흡을 내뱉었다.
아름답고도 작은 세상이었다. 핏빛으로 물든 석양을 등지고 선 남자가 생글생글한 미소로 포즈를 잡고 있었다. 여행자를 비추고 있는 선명한 적황색 빛은 조금 아른거리다 흔적도 없이 사라져 버릴 것만 같았다.

오뚝한 코, 여성스러운 옅은 입술, 단단하고도 튼실한 허리선.

짓누르는듯한 동물적인 압력, 압도적인 공포 그 자체였던 그동안 봐온 '남성'의 모습은 이미 어딘가로 사라지고 유

리판 위로 축소되어 붙어있는 남성은, 뚜렷한 얼굴 윤곽을 지닌 작고도 사랑스러운 인형이 되어서야 비로소 그녀는 그를 소유할 수 있었다. 여자는 황홀한 표정으로 질리지도 않는지 계속 바라보았다. 그건 그녀에게 허락된 귀중한 시간이었다. 이렇게라도 하지 않으면 그녀는 그를 찬찬히 볼 수가 없었다. 전신이 타오르는 듯 흥분한 그녀의 심장이 벌써 기대감으로 바들바들 떨리기 시작했다.

"아직 인가요?" 남자가 물었다.

"아… 지금…" 여자가 대답했다.
그 순간, 어떤 체념적 결의가 순식간에 그녀의 안을 내달렸다. 그녀는 이미, 더는 어떻게 해도 피할 수 없다는 것을 확인하게 된 것이었다.

조용한 풍경 속, 셔터가 죽은 작은 새가 물에 떨어지는 듯한 소리를 냈다.

"고맙습니다. 아 참! 이번에는 그쪽을 찍어도 될까요?"

남자는 상당히 들뜬 목소리로 말했다.

고양이, 미기시 고타로, 1931
花, 三岸好太郎, 1933

"어떠신가요? 이 아름다운 풍경과 함께 찍으시는 게"

"저기…"

용기란 용기는 다 짜내며 그녀는 말했다.

"저기… 이런 곳… 그리 좋은 풍경은 아니에요"

"오?"

남자는 숨김없이 흥미 가득한 표정을 지었다.

"더 좋은 풍경이 있다는 것입니까?"

"여기 앞으로 가다 보면 바다를 내려다볼 수 있는 공원이 있어요. 동네와는 좀 떨어져 있기는 한데, 그쪽이 더…"

"허, 그쪽은 몰랐어요. 그렇단 말이죠? 자 그럼, 데려가 주세요."

공원이라고 말해도 봄이 되면 벚꽃이나 매화꽃이 한꺼번

에 꽃을 피우는 일 외에는 아무것도 없는 고지였다. 단지 석양과 연한 은회색의 안갯속에 가라앉은 마을, 바다를 더욱더 넓게 바라볼 수 있는 것뿐. 그리고 그곳에는 항상 인적이 드물었다.

여자는 등을 꼿꼿이 세워 앞장섰다. 오래된 신사의 뒤편에 있는 지름길은 급한 경사길이었다. 큰 자갈 때문에 신발 뒤꿈치는 자꾸 미끄러지고, 양쪽 풀숲을 겨우 벗어나자 길이 익숙하지 않은 남자는 역시 조금씩 헐떡거리기 시작했다.
"헉헉… 너무 빠르네요… 조금만 기다려 주세요"

그 목소리를 듣고 여자가 발을 멈춘 직후였다. 남자의 손이 여자의 어깨를 잡고 넘어지면서 그녀를 풀숲에 넘어뜨렸다.

"악! 나 이런 거 싫어요! 싫단 말이에요!"

쥐어짠 울부짖는 목소리로 여자는 남자를 밀쳐 냈다. 하지만 남자는 힘을 뺄 생각이 없었다. 남자의 얼굴이 시야 가득해질 정도로 다가오고 있었고 여자는 미치광이처럼 그 얼굴을 향해 저항했다. 여자에게 있었던 것은 단지 필사적이고, 맹렬한, 혐오뿐이었다.

정신을 차렸을 때 여자의 오른손에는 큰 돌이 꽉 쥐어져 있었고 호흡은 쌕쌕거리며 헐떡이고 있었다.

남자는 발밑으로 쓰러져있었다.

관자놀이에서 피가 뚝뚝 떨어지고 남자의 눈은 멍하니 하늘을 보고 있었다. 남자는 움직이지 않았다.
아직 여자의 심장은 헐떡이고 있었다. 하지만 이제 그녀에게 공포는 존재하지 않았다. 그녀는 역시 나는 이성적인 여자구나, 이성적일 수밖에 없었다고 생각했다. 이건 어쩔 수 없는 일이었다.

여자는 남자의 주머니에서 떨어진 담뱃갑을 다시 돌려놓고 벗겨진 신발을 신겨 질질 끌어 절벽 끝에 눕혔다. 그곳까지 끌고 오는데 생긴 흔적이나 둘이 싸웠던 흔적을 꼼꼼하게 지웠다. 그런 뒤 카메라를 살며시 자신의 핸드백에 넣고 옷맵시를 고쳤다.

여자의 얼굴, 미기시 코타로, 1934
女の顔, 三岸好太郎, 1934

그리고는 가만히 누워있는 남자의 등을 쓱 밀었다. 남자는 튀어나온 바위 모서리에 부딪히면서 떨어졌고 이윽고 조금 둔탁한 물소리가 울려 퍼졌다.

다음 날, 석간 지역 신문에는 여행객이 실수로 30m의 절벽에서 미끄러져 떨어져 죽었다는 기사가 실렸다. 기사는 간단히 서너 줄뿐이었고 여행자의 얼굴 사진조차 없었다.

그곳은 최근 몇 년 동안 지역 내에서 '악마의 절벽'이라고 불리던 장소였다. 관광객의 사건 · 사고가 밖으로 알려지게 되면 다른 관광객들의 발길은 끊기게 될 것이고 지역민들의 생계는 어려워질 것이다. 이런 사태가 두려웠던 시 당국의 압력도 있어서였을까 신문도 경찰도 그 후 더는 깊게 관여하지 않고 사건을 끝내려고 했다.

사건은 남자 익사체의 검시와 신상 조회가 마무리되고 소문도 잠잠해지자 일주일도 지나지 않아 사람들에게 슬슬 잊혀갔다.

어느 날, 여자는 평소처럼 일하던 우체국에서 퇴근하고 집으로 가는 길에 현상을 맡겼던 사진관에서 사진이 들어 있는 봉투를 받아 왔다. 여자에게 필요한 것은 그 속에 있는 단 한 장, 격렬한 석양이 물들여진 절벽에서 미소 지으며 포즈를 취하고 있는 남자의 모습밖에 없었다.

여자는 그 사진을 작은 거울이 놓인 화장대 위, 준비해둔 액자에 넣어 세워두었다.

"… 이걸로 만족해."

눈을 가늘게 뜨고는 그날의 붉은빛을 머금은 그를 마음껏 바라보며, 열정에 출실한 그녀의 가슴이 두근거리기 시작했다.

"저기, 죽여서 미안해요. 그래도 참아줘요. 나는 살아있는 사람이 무서운걸요. 왜냐하면, 살아있는 사람은 언제 어디로 떠나버릴지도 모르고 온전히 내 것이 되어주지 않아요. 이런 당신의 얌전한 모습이라면 절대 나를 배신하지 않겠죠? 우리는 서로 속일 필요도 없어요. 분명 당신도 외롭지 않을 거예요. 영원히 함께 살아요. 사이좋게…"

다소 해가 길어진 탓일까. 방 하나만 있는 아파트는 창문

에서 사선으로 새어 들어오는 황금빛으로 눈부셨다. 커튼을 치고 무심코 달력쪽으로 고개를 돌린 여자는

"아 오늘은 재작년에 죽은 그 사람의 기일이었지?"라고 낮은 목소리로 말했다.

열쇠로 잠긴 책장의 가장 위 서랍을 열었다. 거기에는 똑같이 검은 리본이 달린 액자에 들어간 젊은 남자들의 사진이 한 줄로 세워져 있었다.

꽃, 미기시 코타로, 1933
花, 三岸好太郎, 1933

남자를 무서워하던 그녀에게 있어서 이상적인 사랑은 무엇이었을까요? 그녀에게 있어 이상적인 사랑은 다른 이에게 공감이 되지 않을 수도 있습니다. 오히려 그녀가 왜 그런 사랑을 추구해왔는지 궁금해집니다.

여름 모자

夏帽子

하기와라 사쿠타로(萩原朔太)

1886.11.1 ~ 1942.5.11

부유한 엘리트 가문에서 태어난 그는 젊은 시절 극단적인 '서양 취향'과 서양에 대한 동경심이 강했다. 그러나 말년에는 이와 반대로 일본 전통 양식을 고수하는 180도 다른 삶을 살았다.

대학 실패 후, 28살이 된 하기와라는 문학에 전념하게 된다. 그의 첫 작품인 『달을 보고 짖는다』는 32살에 사비로 500부 출판하였는데 반응이 뜨거웠다. 그는 관능적이며 근대적인 고독에 대한 시를 문어체가 아닌 구어체로 썼고, 이는 일본 문학사에 큰 획을 긋는 일이었다.

청년 시절엔 누구나 쓸데없는 것에 열정을 가지곤 한다.

지방에서 고등학교에 다녔던 그 시절, 매년 초여름이 되면 꼭 하고 싶은 한 가지가 있었다. 어떻게 보면 별거 아니었지만 내가 좋아하는 여름 모자를 써보는 것이었다. 그 모자는 파나마모자도 아니며 터스칸도 아닌, 버건디 색상의 리본이 둘러진 제일 고등학교의 여름 모자였다.

왜 그렇게까지 그 학생 모자를 좋아했는지는 나조차도 잘 모르겠다. 그건 아마, 그 시절 좋아했던 모리 오가이의 '청년'이나 나츠메 소세키의 학생 소설을 읽으면 제일 고등학교 학생들이 떠올랐고, 초여름 푸른 잎 속에서 우에노의 숲 등을 산책하는 그들을 떠올리면 제일고의 여름 모자가 상징적으로 생각나는 이러한 연상심리가 작용했었기 때문일 것이다.

아무튼 나는 그 버건디 색상의 리본을, 그 교복 모자를 상상하는 것만으로도 이상하게 독일의 희곡 '알트하이델베르크'가 연상되어, 여름날의 신록에 살랑살랑 다가오는 바다의 향수를 느끼곤 했다.

- 터스칸(Tuscan hat) : 이탈리아 토스카나 지방에서 만들어지는 밀짚모자의 일종
- 알트하이델베르크 : 1901년에 독일의 마이어푀르스터가 지은 희곡. 유학 중인 왕자 하인리히와 하녀 케티의 사랑과 독일 학생 생활을 낭만적으로 그렸다.

그 시절 내가 있던 지방의 고등학교는 제일고 모자를 따라서 진홍색의 리본에 하얀 선이 두 줄 들어간 모자를 썼다. 나는 그게 너무 싫었다. 그래서 하얀 선 위에 빨간 잉크를 칠하거나 진홍색 위에 보랏빛 물감을 덧발라서 일부러 제일 고등학교 모자와 헷갈리게 했다.

하지만 결국 그 열정을 억누르기 힘들어졌기에 여름 방학 때 상경하여 혼고의 모자 집에서 제일 고등학교 모자를 사 버렸다.

하지만 그 모자를 산 뒤부터 헛된 허영심에 후회가 밀려왔다. 그런 걸 산다 한들 실제로 제일 고등학교 학생이 되는 것도 아닌데, 이런 내가 너무 창피해서 모자를 쓰고 다닐 수도 없는 노릇이었으니 말이다.

나는 사람 없는 곳에서 몰래 모자를 쓰고, 모리 오가이 선생의 '청년' 혹은 하이델베르크를 연상하며 내가 그 주인공인 것 마냥 망상 속 쾌락을 즐기고 싶었다.

그 망상 속 강한 욕망은 어찌하여도 억누를 수 없었다. 그래서 어느 여름, 7월 여름 방학을 맞이하자마자 은밀히 모

• 혼고(本鄕) : 도쿄의 옛 지역 명. 현재는 분쿄구에 통합되었다.

자를 봇짐에 넣어 닛코 지방의 산속에 위치한 중선사라는 절 근처로 피서를 갔다. 물론 숙박은 호숫가에 있는 레이크 호텔로 선정했다. 그곳은 내 망상 속 인물이라면 응당 선택할 수밖에 없는 호텔이었다.

어느 날, 호텔 근처에 있는 작은 폭포를 보려고 혼자 여름 산길을 올랐다. 7월 초순의 닛코는 푸른 잎으로 만들어진 나뭇잎 그늘로 인해 밝게 반짝반짝 빛나고 있었다.

나는 숙소를 나오면서부터 과감하게 봇짐 속 모자를 꺼내 쓰고 있었다. 이런 적적한 산길에서는 당연히 누구도 보는 사람이 없으니 부끄러워할 것도 없이 마음껏 망상을 즐길 수 있을 거로 생각했기 때문이었다.
여름의 산길에는 다양한 하얀색 꽃이 피어 있었다. 교복을 입고 모자를 썼더니 땀이 맺히는 것이 느껴졌지만, 오른쪽 어깨를 높이 으스대며 독일 학생의 청춘을 표상하는 듯 그 낭만적인 망상 속 호기를 만끽하며 걷고 있었다.

주머니 속에는 마루젠에서 새로 산 오래된 하이네의 시집이 들어 있었다. 그 시집은 색인 부분이 연필로 더럽혀져 있으며 곳곳에는 시든 풀꽃이 끼워져 있었다.

코로의 늪, 오카다 사부로스케, 1932
コローの池, 岡田三郎助, 1932

산길 끝에 있는 절벽을 돌자 우연히 내 앞에 걸어가는 두 개의 밝은색 양산이 보였다. 분명 자매로 보이는 아름답고 젊은 아가씨들이었다.

갑자기 아무 이유도 없이 다리가 얼어 붙는듯한 부끄러움과 혼자라는 쑥스러움이 밀려왔다. 걸음을 재촉하며 일부러 그들을 쳐다보지 않으려고 어깨를 한껏 치켜올리고는 앞질러 나갔다. 관심이 없는 듯 보이려 과하게 애를 쓰는 내 모습이 도리어 어색하게 느껴졌다. 그러면서도 내심 인적 드문 산길에서 아름다운 그들과 함께 걸으며 말 한마디라도 나눌 수 있다면 얼마나 좋을까 망상에나 있을 법한 행복한 생각에 망설였다.

그런 생각으로 아름다운 아가씨들을 앞질러 가면서도 이 절호의 기회, 즉 찬스를 잡지 못한 나의 어리석음이 후회되었다.

하지만 그때 우연히 달콤한 기회가 찾아왔다. 내가 땀을 훔치려 손수건으로 이마를 닦을 때, 모자가 머리에서 미끄러졌다. 모자는 원을 그리듯 데굴데굴 굴러떨어져 바로 대여섯 발자국 뒤에 걸어오던 그녀들의 발밑에 멈췄다. 자매

중 동생으로 보이는 아가씨가 바로 모자를 주워 주었다. 그녀는 낯가림도 없이 쾌활하게 나에게 달려왔다.

"고… 고맙소."

나는 허둥지둥거리면서 겨우 입안에서 고맙다는 말을 뱉었다. 그리고 서둘러 모자를 쓰고 도망치듯 총총거리며 걸어 나갔다. 우주가 새빨갛게 회전하여 어찌해야 좋을지 모른 채 그저 발만이 기계적으로 움직이며 빠른 발걸음으로 나아갔다.
하지만 곧 뒤에서 나를 부르는 목소리가 들렸다.
"저기… 여쭤볼 것이 있습니다."

이번에는 언니로 보이는 여자였다. 그녀는 분명히 나보다도 한두 살 연상으로 보였으며 영리하고도 아름다운 눈동자를 가진 여성이었다.

"폭포로 가는 길이 이 길이 맞습니까?"
라고 말하며 친근하게 미소를 지었다.

"넵!!"

나는 딱딱하게 굳어버려 군인처럼 대답해 버렸다. 여성은 잠시 동안 가만히 나의 얼굴을 바라보다 이윽고 사교적인 분위기를 풍기며 말을 걸었다.

"실례지만 당신, 제일고 학생분이시죠?"

나는 순간 대답을 망설였다. '아니오'라는 부정의 언어가 순간적으로 입천장에 닿았지만, 곧 내 머리를 감싼 제일고 모자를 설명할 길이 없어 식은땀만 흘렸다.

나는 생각할 여유도 없이 혼란스러움에 휩싸여 애매하게 대답했다.

"…네!!"

"그렇다면 당신은…?"

여자는 퍼붓듯이 질문했다.
"아키모토 자작님의 아드님이시군요? 저는 잘 알고 있습니다"

나는 이번에야말로 큰 목소리로 정확하게 대답했다.

"아니오! 그렇지 않소!"

하지만 여자는 더욱 의심 깊은 표정으로 나를 바라보았다. 이유 모를 부끄러움과 괜한 불안감이 휘몰아쳐 결국 나는 그들을 뒤로한 채 빠른 걸음으로 빠져나왔다.

호텔에 돌아와서 우연히도 그 자매가 옆 객실의 손님이었다는 것을 알게 되었다. 그들은 연세 드신 어머니와 함께 셋이서 와 있었다. 자연스럽게 그들과 마주칠 기회가 많아졌고 매번 피하기 어려웠던 나는 그들과 친해졌다.

결국, 나는 자매 중 언니와 단둘이서 숲속을 산책하는 사이가 되었다. 그녀는 분명히 나를 사랑하고 있었다. 항상 나를 '도련님'이라 불렀다.

처음에는 그녀가 악의 없이 장난으로 하는 줄 알았기에, 그녀가 그렇게 부를 때마다 일부러 더 귀족처럼 거들먹거리며 대답했다.

아침 햇빛(니이타카 산), 후지시마 타케지, 1935
旭光(新高山), 藤島武二, 1935

그러던 어느 날 그녀가 진지한 얼굴로 나에게 말했다. 훨씬 이전부터 자신은 제일고 운동회나 그 외 여러 기회를 통해 아키모토 자작님의 아드님을 잘 알고 있었다는 것을. 그리고 확신하건대 당신이야말로 분명 그분임이 틀림없으며 아무리 모른 척 숨기고 있다고 해도 자신은 다 알고 있다고 .

그녀의 강한 확신은 나의 어떠한 변명으로도 돌릴 수가 없었다. 결국에는 어쩔 수 없이 나도 적당히 귀족의 아들처럼 행세하였다.

마지막 날이 다가왔다.

매미가 울고 있는 좁은 숲길에서 여름의 저녁노을을 등지고 그녀는 살며시 나에게 다가와 마음속에 담아둔 그 말을 고백하려는 듯 입술을 달싹였다.

나는 이미 이전부터 나 자신을 속이고 있다는 것이 괴로워 견딜 수가 없었다. 나는 제일고의 학생도 아니며 말할 것도 없이 귀족의 자식도 아니다.

그런데도 뻔뻔스럽게 제일고 모자를 쓰고 우쭐해져서는 '도련님' 소리를 듣고 있었다. 아무리 자기변호를 해 보아도 전형적인 쓰레기에 불과하며 위선자와 같은 행위를 하는 것이었다.

나는 자괴감에 견딜 수가 없었다. 그리고 하룻밤 사이에 짐을 꾸려 이곳을 떠나자 생각했다.
다음날 이른 아침 뒷산에 혼자 올랐다. 그곳에는 여름 풀이 무성하게 자라 있었고 기름매미가 나무숲에서 울고 있었다. 나는 보따리에서 모자를 꺼내 양손으로 쥐고 잡아뜯었다.

밀짚의 푸석푸석 찢어지는 소리가 이상하게도 서글프게 느껴졌다. 그 버건디색의 리본조차도 땅바닥에 진흙투성이가 되어 내 신발에 짓밟히고 있었다.

●

작가가 『여름 모자』를 통해 말하고 싶었던 건 진정한 어른이란 나 자신의 모습을 인정하고 현실적인 삶을 받아들이는 것이지 않았을까요? 현실적인 삶은 나아가 이상적인 꿈을 이루게 해 줄지도 모릅니다. 누구에게나 내적 욕망은 존재합니다. 어쩌면 그 욕망을 표현하는 자가 진정한 순수함을 가졌다고 말할 수 있지 않을까요?

초여름

初夏

마키노 신이치(牧野信一)

1896.11.12 ~ 1936.3.24

작가 이상이 동경했고, 다자이 오사무가 많은 영향을 받은 작가다. 그리스 마키노라고 불릴 정도로 환상적, 초현실적 문체로 자기만의 문학적 세계를 확립한 그는 글의 소재로 아버지의 이야기를 많이 썼다.

어릴 적 그는 아버지에 대한 그리움이 가득한 소년이었다. 홀로 떨어져 살았던 그의 아버지가 1924년 3월 급사했는데 5월에 『아비를 파는 자식』을 발표했다. 문학적으로는 인정을 받았으나 아버지 죽음 이후 마키노는 신경쇠약으로 몸이 안 좋아지기 시작했다.

1920년에 발표한 『초여름』 작품은 처음으로 이별을 맞이한 소년이 슬픔을 이겨내기 위해 친구와의 추억을 회상하며 어른으로 한 발짝 성장해 나간다는 스토리다. 즉, 이별의 아픔은 사랑하는 사람과의 기억으로 이겨내는 법. 하지만 정작 본인은 작품을 발표하고, 4년 뒤 아버지와의 이별을 추억으로도 이겨내지 못하고 젊은 나이에 생을 마감했다.

중학교 3학년 때 일입니다.

친한 친구인 카와다가 갑작스럽게 집안 사정으로 인해 멀리 전학을 가게 되었습니다. 카와다는 초등학교 때부터 친했던 가장 친한 단짝이었기 때문에 나는 그 이별이 얼마나 슬펐는지 모릅니다.

우리는 학교 야구부 선수였습니다. 카와다가 떠난다고 생각하니, 나는 이제 야구 따윈 하고 싶지 않았습니다. 다음 주 토요일에 학교 대항전이 있어서 학교 운동장에서는 매일 치열한 훈련이 계속되었습니다. 야구부인 나도 반드시 훈련에 나가야 했지만, 조금도 의욕이 없어 2~3일 전부터 운동장에 나가지 않았습니다.

다른 부원들도 많이 걱정하며 매일같이 찾아왔지만, 그들 역시 내 마음을 잘 알고 있었기 때문에 나오라는 말도 못하고 그저 풀 죽어 있을 뿐이었습니다. 그 마음 여린 부원들을 마주할 때마다 나는 주체할 수 없을 정도의 슬픔만이 복받쳐 올랐습니다. 내가 훈련에 나가지 않으면 나를 대신할 포수도 없다는 사실 또한 충분히 알고는 있었습니다.

"하아… 짜증나… "

무심코 한숨이 새어 나왔습니다. 우리 집 서재에는 흙으로 지저분해진 유니폼이 쓸쓸히 걸려있었습니다. 여느 때 같았으면 배트나 공과 함께 창고 구석에 처박아두었을 텐데, 이제 그 옷을 입고 카와다와 빛나는 야구장에 설 수 없겠다고 생각하니 부질없다 싶으면서도 카와다와의 추억이 담겨있기 때문에 치울 순 없었습니다. 책상 앞에서 지그시 그 추억의 유니폼을 바라보고 있자니, 상상 속에서만큼은 행복했던 그때로 돌아가는 듯했습니다.

우리 사이에는 야구뿐만 아니라 그 밖에도 수많은 일이 있었습니다.

바로 작년 여름이었습니다.

그 해에 처음으로 우리 학교에는 수영부가 생겨 희망하는 학생에 한해서만 선생님의 인솔하에 어느 먼 바닷가에 나갈 수 있게 되었습니다.
나는 무척이나 그 수영부에 들어가고 싶었습니다. 그래서 그다지 가고 싶어 하지 않는 카와다에게

번화가의 소년상, 하세가와 토시유키, 1935
下町の少年像, 長谷川利行, 1935

"뭐야~ 의욕도 없냐 넌?"

라고 억지로 꼬드겨서 수영부에 참가하게 되었습니다. 우리는 새카맣게 탄 몸을 서로 자랑하며 유쾌한 나날을 보냈습니다.

어느 날 아침이었습니다. 바다는 감청색으로 맑고, 구름 한 점 없는 평온한 하늘에서 백조는 지평선 너머로 아득히 희미해지고, 반도는 그림같이 연보랏빛으로 부옇게 물안개가 피어있었습니다.

"보트 타고 멀리 나가볼까?"

카와다는 바닷가에 정박한 배에 걸터앉아, 그 아름다운 해수면을 바라보며 말했습니다. 나는 바로 고개를 끄덕였습니다.

둘이 타기 적당한 작은 보트에 올라

"여름은~ 여름은~ 갈매기 나는 시나가와에……"

• 반도(半島) : 삼면이 바다로 둘러싸인 육지에 이어진 땅. 대륙에서 바다 쪽으로 좁다랗게 돌출한 육지를 말한다.

하고 흥얼거리며 점점 더 먼 바다로 나아갔습니다. 우리들의 마음은 마치 맑게 갠 하늘과도 같았습니다. 날씨가 좋아서 그런지 우리 말고도 많은 어선과 보트가 마치 나뭇잎처럼 둥둥 떠 있었습니다.

우리는 우리끼리 먼 바다로 나갔다는 사실에 조금은 우쭐해져서, 넘쳐나는 자신감으로 흥겹게 노를 저어갔습니다. 어느새 꽤 먼 바다까지 나와 보니, 우리 주위에는 어선 몇 척만 보일 뿐 보트 같은 작은 배는 거의 보이지 않았습니다.

뒤돌아보니 우리가 막 배를 타고 떠나온 바닷가는 어슴푸레 물안개에 가려져 꿈의 나라처럼 아득히 보였습니다.

그때였습니다.

한 100m 정도 앞에 보이는, 지금까지 움직임이 없었던 어선 한 척이 갑자기 움직이기 시작했습니다. 그러자 그 근처의 배들도 일제히 그 뒤를 따르듯 줄지어 움직이기 시작했습니다.

"무슨 일이지?"

카와다는 약간 불안한 기색을 띠며 말했습니다.

"아마 이제 새벽 어업이 끝나서 집에 가는 거겠지. 우린 어부한테는 절대 안되겠는걸. 아무리 노를 저어도 절대 저렇게 빨리는 못 저을 거야."

나는 감탄하며 그 광경을 보고 있었습니다.

"이제 우리도 슬슬 돌아갈까?"

"아직 시간 괜찮아~ 이 근처에서 조금만 더 쉬자."

우리는 노를 내려놓고 이야기하고 있었습니다. 그래도 이렇게 꾸물대다가 늦어서 선생님들에게 들키기 전에는 가야겠다 싶어서 우리는 유유히 노를 저어 보트를 바닷가 쪽으로 돌리고 있었습니다.

그때! 나름 바다에 대해 조금 안다고 자부하는 카와다가, 갑자기 무엇을 본 것인지 얼굴색이 바뀌며,

"…큰일 났다"

카와다가 갑자기 소리치며 노를 놓칠뻔한 것을 내가 어렵게 붙잡았습니다.

"야…야야야!!!!!! 큰일 났다고 !!!!!!"

카와다는 미친 듯이 소리쳤습니다.

"왜?? 뭐??"

하고 그가 가리키는 곳을 봤지만 뭐가 뭔지 전혀 보이지 않았습니다.

"상어, 상어야!!!!"

카와다의 말에 놀라 앞을 보니 커다란 파도가 밀려오고 있었습니다. 나도 비로소 소름이 끼쳤습니다.
푸르스름한 상어의 지느러미가 보이고, 무리 지은 물고기 떼는 소용돌이를 만들며 우리를 향해 다가왔습니다. 어떤 말로도 표현할 수 없는, 물살을 가르며 다가오는 포식자의

바위와 파도, 후지시마 타케지, 1931
岩と波, 藤島武二, 1931

공포스러운 굉음이 여기까지 들려왔습니다. 이에 반해 주변은 너무나도 평온해서, 그 광경은 더욱더 무섭게 보였습니다.

카와다의 눈엔 핏발이 서 있었습니다. 아마 내 눈도 그랬을 겁니다. 겁쟁이라고 비웃음을 당해도 할 말이 없지만 사실 그때는 칼날 같은 추위가 전신을 감싸는 통에 입술도 보라색으로 변했고 꽉 쥔 주먹은 부들부들 떨리고 있었습니다. 우리는 대화 따위를 할 상황이 아니었습니다. 얼어붙은 몸으로 필사적으로 노를 젓기 시작했습니다.

작은 바위 밑 그림자가 드리운 곳에 겨우 도착할 때까지 우리는 거의 제정신이 아니었습니다. 그리고 바위 위에 간신히 올라가서야 비로소 꿈에서 깬 기분이었습니다.

무시무시했던 바다를 바라보며 우리는 서로를 부둥켜안았습니다. 더 이상 상어는 보이지 않았지만, 잔잔한 바다가 이제는 악마처럼 무서웠습니다. 카와다의 볼에도, 나의 볼에도 어느새 눈물이 흐르고 있었습니다.

학교에서 우리를 찾기 위해 보낸 작은 배를 탔을 때는, 둘다 죽은 듯 지친 상태였습니다. 석양빛이 서쪽 하늘로 번져가고 있었습니다.

우리는 상어와 마주쳤던 일을 아무한테도 말하지 않았습니다. 그저 허락도 없이 배를 타고 멀리 나갔다는 이유로, 학교에 돌아와 일주일간의 정학 처분을 받았습니다. 학교에 가지 않아도 매일 카와다를 볼 수 있어서 정학 처분은 그다지 슬픈 일은 아니었습니다. 만날 때마다 우리는 그때의 무서웠던 사건을 다시금 떠올리며 마치 어제 일처럼 이야기하곤 했습니다.

이런 경험이 우리를 한층 더 친밀하게 해 준 계기가 되었습니다.

나는 서재 창문에 걸터앉아 문득 그때의 일을 떠올렸습니다. 언제까지 감상에 젖어서 살 수는 없는 노릇이었습니다. 이런 복잡한 마음을 잊기 위해 운동장에 가서 연습이라도 해볼까 생각했습니다.
그래서 나는 벽에 걸린 유니폼을 꺼내 입었습니다. 마음이 아까보단 조금 후련해져서, 이런 기분이면 시합에도 나갈 수 있겠다 싶은 생각까지 들었습니다. 나는 모자를 깊이 눌러쓰고, 배트를 안고 집을 나섰습니다.

나를 본 친구들은 "잘 왔어!"라며 나의 손을 잡고 기뻐했습니다. 마침 수비 펑고 연습을 하고 있던 터라 이번에는 나에게 공을 쳐달라고 했습니다. 운동장 주위 푸릇푸릇한 나뭇잎들에, 깨끗하고 산뜻한 향이 가득한 바람이 상쾌할 무렵이었습니다.

나는 내야 그라운드에 서서, 전신에 힘을 실어 강하게 배트를 휘둘렀습니다. 내가 친 공은 높이 높이 초여름의 푸른 하늘로 날아갔습니다. 나는 그 공을 차분히 쳐다봤습니다. 날아가는 공과 함께 나의 슬픔도 사라져가는 듯했습니다. 내가 카와다를 잊은 건 아니었지만, 작은 슬픔이 있던 그 자리엔 이미 그 슬픔보다 훨씬 큰 무언가가 채워지고 있음을 그 순간, 문득 느낀 것이었습니다.

"이대로라면 시합에 나가서 분명 이길 수 있을 것 같아."
나는 중얼거리며 다음 공은 더욱 힘차게 쳤습니다. 깡, 하는 소리와 함께 공은 다시 또 높이, 맑은 하늘을 향해 저 멀리 날아갔습니다.

• 펑고(fungo) : 야수의 수비 연습을 위하여 공을 쳐 주는 일. 일본에서는 노크ノック라고 한다.

누군가를 잃어버렸다는 상실감은 어린 소년에게 채찍과도 같으며 그 누군가와의 기억은 달달한 당근과도 같습니다. 그렇게 소년은 앞으로 나아가 어른이 될 것입니다.
사람을 나무로, 인생의 시간을 일 년 사계절로 비추어 볼 때, 소년의 시간은 아마 초여름이 아니었을까요. 씨앗에서 흙을 뚫고 싹을 틔운 소년의 앞으로의 성장이 기대됩니다.

악마의 성전

悪魔の聖壇

히라바야시 하츠노스케(平林初之輔)

1892.11.8 ~ 1931.6.15

추리작가이자 문예평론가. 1917년 와세다 영문과를 졸업했으며 프롤레타리아 문학 운동의 이론적 지도자였다. 빅토르 위고의 프랑스 문학을 번역하여 게재하기도 한 번역가다. 프랑스에 영화 연구를 위해 유학하던 중 출혈성 췌장염으로 파리에서 객사. 생전에 그가 쓴 탐정 소설은 빛을 보지 못하였으나 그가 죽고 난 뒤 그의 창작물을 좋아하는 사람들이 생겨나기 시작했다. 그의 대표작은 『무산계급의 문화』, 『문학 이론의 문제』 등이 있으며 번역한 대표 작품에는 루소의 『에밀』이 있다.

“법 앞에선 죄를 짓지 않았더라도 하느님 앞에서 죄를 범하지 않은 자는 없습니다. 하느님 앞에서 당신이 지금까지 저질렀던 가장 무거운 죄를 고해하십시오. 그럼 회개를 통해 죄는 용서받을 것이고 당신은 구원을 얻게 될 것입니다.”

“신부님, 가장 무거운 죄가 아니면 안 되는 것입니까? 두 번째로 무거운 죄는 안 됩니까?”

“가장 무거운 죄가 아니라면 하느님을 속이는 것과 같습니다. 오늘부터 새롭게 태어나고자 하면서 그 첫 번째 시작점부터 신을 속이다니요. 가당치도 않습니다.”

“하느님은 정말 어떤 죄라도 회개하면 용서해 주십니까?”

“신을 의심하는 것은 신을 시험하는 것과 같습니다. 신을 믿지 않으면 안 됩니다. 어떠한 죄라도, 설사 살인죄라도 마음속 깊이 회개한다면 하느님은 용서해 주십니다.”

“그렇다면 말씀드리겠습니다.”

청년은 성호를 그으며 말하기 시작했습니다.

"저는 낯선 남자로부터 끔찍한 모욕을 당했습니다. 주 예수께서는 만약 누가 네 오른뺨을 치거든 왼쪽 뺨도 내주라고 말씀하셨지만 저는 그 남자에게 딱 그 반대로 해 주고자 결심했습니다. 눈에는 눈, 이에는 이로 되돌려주려고 했던 것이지요.

아니, 그 이상일지도 모르겠습니다. 그때의 저는 아직 젊은 나이었기에 마음의 상처를 회복할 시간이 있었습니다. 하지만 상대는 지금 쉰에 가깝습니다. 제가 지금 그 남자에게 복수한다면 분명 치명적일 테지요.

삼 년 전의 일입니다.

그때 저는 어느 외떨어진 지방 시골 마을에 살고 있었습니다.

그해 겨울, 심각한 독감에 걸려 마을 병원에 입원했었습니다. 그 당시 저에겐 사랑하는 사람이 있었습니다. 제가 그때 스물두 살이었으니 그녀는 열일곱 살이었겠네요. 저희

둘은 굳이 입 밖으로는 내지 않았지만, 서로의 눈과 눈, 마음과 마음을 통해 미래를 굳게 약속했었습니다.

타미코는… 아, 죄송합니다. 그녀의 이름은 타미코라고 합니다. 타미코는 매일 두 번씩 하루도 빠짐없이 병문안을 왔습니다. 어떤 날은 제가 좋아하는 수선화를 가져와 머리맡에 놔주었고 또 어떤 날은 제가 부탁한 소설을 사 와서 두 시간이 넘도록 책을 읽어 주기도 했습니다. 의사는 책을 읽지 말라 했지만 제가 억지로 졸랐습니다. 그녀는 목소리가 밖으로 새어 나가지 않게 제 귓가에 입을 가까이 대고 소설을 읽어 주었습니다. 그녀의 따스한 숨결이 저의 뺨에 느껴졌습니다. 그녀의 심장 박동 소리가 제 가슴에 느껴졌습니다. 이야기가 절정으로 흐르자 서로의 볼은 아슬아슬해질 정도로 가까워졌고 어느새 우리는 손을 맞잡고 있었습니다.

하지만 신부님, 세상에는 마음대로 되지 않는 일이 있습니다. 이토록 아름답고 행복한 사랑도 오래가지 않았습니다.

어느 날, 타미코는 슬픈 얼굴로 저의 병실에 들어왔습니다. 그녀는 왜인지 불안에 가득 찬 모습으로 뭔가를 말하

화실 한 구석, 쿠로다 세이키, 1889
画室の一隅, 黒田清輝, 1889

고 싶은데 입이 떨어지지 않는 듯 주저했습니다. 결국 그녀는 쑥스러운 듯 품속에서 사진을 한 장 꺼내 제 머리맡에 두고 말했습니다.

'잠시 도쿄에 가게 되어 당분간 만날 수 없겠지만, 부디 몸 건강히 지내고 이 사진을 보며 나를 기억해 줘요.'

그녀는 그렇게 단숨에 말하고는 와락 소매에 얼굴을 묻고 울음을 터트렸습니다. 제 눈에도 눈물이 가득 고였습니다. 그것으로 이별이었습니다.

그 후로, 병실에서의 나날이 얼마나 저에게 외로운 시간이었는지… 신부님, 제 마음을 좀 헤아려 주십시오.

단지 한 장의 사진만이 제 생명의 끈이었습니다. 저는 그 사진을 베개 밑에 두기도 하고 품에 껴안아 보기도 하고 마치 살아있는 연인을 대하듯 입을 맞춰 보기도 하며 길고 긴 하루하루를 보냈습니다.

하지만 다행인지 불행인지 그렇게나 마음이 괴로워 몸부림쳤는데도, 제 병은 깨끗이 나았습니다.

그러나 병이 나았다 한들 사랑하는 사람을 잃고 생긴 마음의 공허함은 결코 채워지지 않았습니다. 그녀가 없는 그곳은 사막이나 다름없었습니다. 저는 퇴원하고 일주일이 채 지나지 않아 곧바로 도쿄로 떠났습니다. 오로지 그녀를 만나고 싶은 마음 하나로 지금까지 살아온 것입니다.

그렇게 보낸 3년의 세월 동안 절망감에 사로잡혀 몇 번이나 죽음을 생각했는지 모릅니다. 그동안의 자세한 사정은 말씀드리지 않겠습니다. 다만 최근 몇 달 동안 저는 일자리를 잃고 너무도 궁핍해서 내일을 바랄 수도 없었습니다. 제가 지니고 있던 물건 중에서 돈으로 바꿀 수 있는 것들은 이미 전부 팔아 치운 지 오래였습니다.

결국, 그녀가 병실에서 제게 읽어 주던 추억이 가득한 책마저 팔아 버리고 팔십 전을 구한 것이 엊그제의 일입니다. 오늘 아침이 되니 그중 오십 전만이 지갑 속에 남아 있었습니다.

인간은 그리 쉽게 굶어 죽지는 않는다지요. 저는 그동안, 아무리 궁해도 어찌 되든 살길은 열린다고 생각했었습니다. 하지만 이번만큼은 기대가 되지 않았습니다. 돈을 빌

리거나 몸을 의탁하려고 해도 도움을 청할만한 지인은 단 한 명도 없었습니다. 직업소개소는 오늘로 마흔여섯 날이나 찾아갔지만, 매번 막판에 계약이 엎어지곤 했습니다. 저는 정말이지 이 이상 더 떨어질 곳도 없었습니다.

이윽고 저는 자신의 능력을 의심하기 시작했습니다. 세상 사람 모두 예외 없이 입에 풀칠이라도 하고 사는데 왜 나만 내일 먹을 것조차 없나 생각하니, 이제 이 세상에 살아 있을 자격도 없는 사람인가 하는 생각이 드는 겁니다.

어쩌면 저에겐, 다른 사람들은 다 알고 있는데 나만 눈치채지 못하는 이상한 결함이 있어 어떤 일자리도 얻을 수 없는 것이 아닐까, 하는 생각마저 들었습니다.

결국 사랑하는 타미코와도 만나지 못하고 생존 싸움에서 패배하여 자멸해 간다고 생각하니 갑자기 세상이 암전된 것 같은 기분이 들었습니다. 저는 오늘 소개소에서 돌아오는 길에 주머니 속 동전 두 개를 손에 움켜쥐고는 정처 없이 걷고 있었습니다. 어디였는지는 잘 기억나지 않지만, 어찌 되었건 사람이 바삐 오가는 매우 번화한 거리였습니다. 문득 고개를 드니 눈앞에 사격장이 있었습니다. 저는

그 앞에서 멍하니 바라보고 있었습니다. 사격장 안에는 빵과 배트, 캐러멜 등이 담긴 상자가 쌓여 있었습니다. 돈을 내고 코르크 총알로 상자를 떨어뜨리는 게임이었습니다. 저는 마음속으로 생각했습니다.

'지금 손에 쥐고 있는 십오 전은 규동 집 문턱을 한 번 넘는 순간 사라지는 돈이다. 규동 한 그릇 먹는다고 해도 몇 시간 공복을 조금 늦추는 것에 지나지 않는다. 모 아니면 도라는 심정으로 한 번 해보자. 빵을 두 개 떨어트리면 삼십육 전이 되니 십오 전의 금액을 낸다 해도 결국 이십일 전을 버는 거야.'

저는 거침없이 사격장 안으로 들어갔습니다. 가게의 여주인이 코르크 총알 다섯 개가 든 그릇을 내주었습니다. 저는 공기총을 잘 쏘았기 때문에 총 쏘는 건 나름대로 자신이 있었습니다. 그대로 총을 들어 총알을 넣고, 표적을 향해 한 발을 쏘았습니다. 하지만 총알은 어디로 떨어졌는지 빵이 담긴 상자는 꿈쩍도 하지 않았습니다. 두 번째 총알도 마찬가지였습니다. 세 발, 네 발도 똑같았습니다. 저는 이미 낙담하여 자신감이고 뭐고 다 사라지고 다섯 번째 총알은 제대로 겨누지도 않고 쏘았습니다. 그런데 놀랍게도

• 규동(牛丼) : 일본식 소고기 덮밥

날아다니는 나비, 미기시 코타로, 1934
飛ぶ蝶, 三岸好太郎, 1934

단 위에 쌓여 있던 빵 상자가 보기 좋게 무너지고 그중 두 개가 양쪽으로 떨어진 것입니다.

저는 딴 돈을 다시 총알로 바꿔 달라 말했습니다. 여주인은 다시 총알 다섯 개가 담긴 그릇을 제 앞에 놔주었습니다. 저는 다시 선반 위에 빵 상자 두 개를 쏘아 떨어뜨렸습니다. 세 번째 그릇을 받았을 땐, 단 한 발 만에 두 개의 상자를 맞추는 데 성공했습니다. 그러자 여주인이 빵 상자 여섯 개를 제 앞에 두고는 '죄송하지만 여기까지만 해 주세요.'라고 말하는 겁니다. 제가 건달이라고 생각해서 피한 거겠죠.

저는 그 빵을 현금으로 바꾸었습니다. 사격 삼 회분 요금이 사십오 전이니까…, 빵 여섯 개와 바꾼 돈 일엔 팔 전에서 사격 요금을 빼면……, 육십삼 전? 저는 얼이 빠진 채 사격장을 뛰쳐나왔습니다.

지옥이 천국으로 바뀌는 순간이었습니다.

마치 대단한 부호(富豪)가 된 듯 이 세상 모든 것들을 내 손아귀에 쥐고 있는 것만 같았습니다. 무슨 정신으로 거기까지 갔는지 기억나지는 않지만, 저는 어느새 외곽의 요츠야 성문까지 와 있었습니다. 찬 강바람이 불자 외투 하나 걸치지 않은 몸 안으로 추위가 파고들었습니다. 언뜻 다리 주변을 보니 엄마와 딸로 보이는 두 걸인이 땅바닥에 웅크려 애처로운 목소리로 행인들에게 동냥하고 있었습니다.

저는 갑자기 가슴이 아려 왔습니다. 기쁨과 슬픔이 뒤섞인, 말로 설명할 수 없는 기분으로 두 명의 걸인의 곁으로 다가갔습니다. 그리고 사격장에서 딴 돈을 남김없이 그 둘에게 건네주었습니다.

딱히 그 두 사람을 동정해서 한 행동은 아닙니다. 무의식적이며 본능적인 행동이었습니다. 왠지 모르겠지만 기쁨을 주체할 수 없었습니다. 앞으로 닥쳐올 미래 따위는 조금도 생각지 않았습니다.

왠지 구름 위를 둥둥 떠다니는 기분이었습니다.

복잡한 감정의 소용돌이가 휘몰아치는 도중에 있을 수 없는 사건이 일어났습니다. 사랑하는 그녀가, 타미코가 바로 눈앞에 엎드려 있었던 겁니다.

신부님, 알고 보니 타미코는 저보다 백배는 더 불행했습니다. 삼 년 전 평화로운 마을에서 내 곁의 그 가련한 소녀를 빼앗아간 놈은 정말 세상에서 가장 가증스럽고 추악하고 파렴치한 악마였습니다.

신부님, 저는 그녀의 눈물 어린 그동안의 사정을 듣자마자 그 남자에게 복수하기로 맹세했습니다. 여기서 복수는 저희의 새로운 시작을 의미하고 있습니다. 지금 문 앞에 그 불행한 여인이 따라왔습니다. 신부님, 부디 저 불쌍한 여인을 한 번 만나 주세요. 그리고 하느님의 은총을 내려 주십시오.

이제 크리스마스 미사를 위해 신도들이 하나둘 모이기 시작했으니 아주 잠시만이라도 부디….”

신부가 대답도 하기 전에 문이 열리며 두 명의 여인이 안으로 들어왔습니다. 두 여인은 말없이 방 한쪽에 섰습니다. 여인들의 모습을 본 신부의 얼굴이 하얗게 질렸습니다.

“너…!!! 너는…?!?”

신부가 노여움에 찬 목소리로 가쁘게 말을 내뱉으려고 하자, 남자는 신부를 노려보며 조용히 입을 열어 말했습니다.

“지금 뒤에 서 있는 여인이 바로 방금 말한 불행한 내 연인입니다. 평화로운 우리 마을에 선교라는 명목으로 들어와서는 하느님의 이름을 앞세워 순수한 소녀에게 독니를 꽂은 악마 같은 신부, 바로 당신의 첫 번째 희생양입니다.”

신부는 우뚝 선 채로 입도 뻥끗하지 못했습니다.

“뒤에 계시는 분도 똑같은 수법으로 악마의 덫에 걸린 두 번째 희생자입니다. 제대로 얼굴을 들어서 보십시오. 어떻습니까? 둘의 얼굴을 똑바로 볼 수는 있습니까?”

그때, 옆방에서 쾅 하고 물건이 떨어지는 소리가 났습니다. 신부는 움찔해서 무심코 소리가 나는 쪽을 보았습니다. 남자는 천천히 일어나 그쪽을 향해 걸어갔습니다. 문을 열자 한 여자가 바닥에 웅크려 흐느끼고 있었습니다.

“당신은…?”

남자가 얼굴을 들여다보자 그녀는 벌떡 일어나서 말했습니다.

"여기서 모든 걸 들었습니다. 다 알아 버렸습니다. 저는 이 악인의 세 번째 희생자가 될 뻔했습니다."

"희생자는 이 세 사람뿐만이 아닙니다. 이 비인륜적인 신부는 신도들에게 고해를 빌미로 비밀을 털어놓게 했습니다. 그렇게 상대의 약점을 쥐고 협박해서 모든 사리사욕을 채웠던 겁니다.

여러분, 여러분은 모두 하느님께 구원받고자 했는데, 그 간절함을 오히려 이용한 이 악마의 덫에 걸린 것입니다. 하느님과 신도 사이에서 이 방해물을 치워 버리는 것이야말로 진정 하느님의 뜻 아니겠습니까?

오늘 크리스마스 미사는 세 분께서 진행해 주세요. 이제부터 오실 신도님들 중에도 이 악마의 악랄한 덫에 걸려 괴로워하는 분들이 적지는 않을 게 분명합니다. 이제 그분들 앞에서 이 남자가 고해성사할 차례입니다.

회개하면 하느님께서 죄를 사하여 준다고 말한 걸 기억하지요? 이제 슬슬 신도들의 모습이 보일 겁니다.

조만간 어떤 죄를 고할지 잘 생각해 두시지요.
당신이 지금까지 저질렀던 가장 무거운 죄를 고해해야 할 것입니다."

●

악마는 예상치 못한 방향에서 뜻밖의 얼굴을 하고 나타납니다. 악은 선의 반대편에 서 있지 않습니다. 악은 교묘히 선을 향해 나아가고자 하는 이의 앞을 가로막고 있으며, 우리는 그 악을 선이라 믿으며 걸어갑니다. 그 끝이 낭떠러지임을 모른 채. 악은 선과 닮아있습니다.

꽃 필 적에

花の咲く比

타나카 코타로(田中貢太郎)

1880.3.2 ~ 1941.2.1

타나카 코타로는 해운대리업을 하는 아버지 밑에서 태어나 초등학교 3학년 때 중퇴하였다. 메이지 유신을 소재로 한 『시풍시대』 등으로 대중 문단에 독자적인 경지에 이르렀다.

전기, 기행문, 수필집, 괴담, 기담 등 다양한 장르의 글을 썼다. 그는 생애 괴담이나 귀신 소설을 주로 썼으며 작품 수는 약 500편에 이르러 오늘날까지도 계속 출판되고 있다. 그가 죽은 후 일본 문학진흥회가 주최하는 제 3회 키쿠치칸 상도 받았다.

따뜻한 봄밤, 짙은 달빛이 안개가 낀 것처럼 희미하게 주변을 비추고 있었다.

에도가와 근처에 사는 젊은 신참 사무라이가 혼고에 사는 친척 집에 들렀다가, 술을 진득하게 마시고는 기분 좋게 집으로 돌아가고 있었다.

밤은 꽤 깊어졌으나 그는 혼자 사는 몸으로 집에 기다리는 사람 하나 없었기에 서둘러 돌아갈 필요는 없었다. 느긋한 걸음으로 가끔 지나가는 사람들 속에서 등불을 든 여성이 스쳐 가면 힐끔힐끔 돌아보았다.

덴즈인 사찰 앞에서는 어머니로 보이는 여자가 젊은 아가씨를 끌고 가는 것을 보았다. 그는 발걸음을 멈추고 그 아가씨의 하얀 옆 모습을 바라보고 있었다.

어디서부터인지 모를 벚꽃이 흩날리는 시기였다.

꽃잎 하나가 그의 볼에도 살포시 떨어졌다. 그는 그것이 마치 봄밤의 감촉 같았다.

• 에도가와(江戸川) : 도쿄의 23개 특별구 중 하나

걷다 보니 땅바닥도 양옆의 집들도 허리춤에 찬 칼도 나 자신의 모습도 점점 사라져 갔다. 화려한 구름 사이 사이로 까만 눈동자, 하얀 얼굴, 가느다란 어깨선 그리고 잘록한 허리가 아른거렸다.

기독교인 수용소 바로 앞 언덕을 내려와 고개의 중간쯤 사무라이는 오른편 벚나무 아래 사람의 그림자를 발견했다. 흐드러지게 피어 있는 벚나무 꼭대기에는 몽롱한 달의 얼굴이 걸쳐 있었다. 꽃은 소리도 없이 푸슬푸슬 흩날려 그 그림자 위에도 떨어졌다.

사무라이가 어떤 사람 인가하여 벚나무 아래로 다가가니, 그 그림자도 앞으로 움직였다.

그 사람은 얼굴에 윤기가 흐르는 어여쁜 여성으로 비단 빛이 반짝이는 거무스름한 기모노를 입고 있었다.

사무라이는 길을 잃어 곤경에 처한 사람이라 생각하여 말을 걸어 보기로 하였다.

“저기… 혹시 길을 잃어버리신 건지요?”

"네. 저는 다이로쿠텐자카 밑 마을에 고모님이 사신다고 하여 찾아온 사람입니다. 하지만 고모님이 사시는 곳을 찾아가 보니 어디론가 이사를 떠나버리시고 만날 수 없기에 이 주변만 돌아다니다 결국 여기까지 돌아왔습니다. 달리 갈 곳도 없기에 매우 난처한 상황입니다."

그녀는 지쳐있는 목소리로 답했다.

"그것참 곤란하겠네요. 아가씨는 어디에서 오셨나요?"

"저는 하마마쓰에서 왔습니다. 유일한 가족이었던 어머니마저 돌아가시고, 이젠 다른 누구에게 의지할 곳도 없습니다. 아버지의 여동생이 이 근방에 사신다고 들어 무작정 찾아왔습니다."

"그렇다면 고모님이 사시는 곳을 정확히 알기가 어렵겠군요. 이런 딱한…."

사무라이는 그녀를 가만히 바라보았다.

'게다가 이미 밤이 깊어졌으니 이것 참 곤란한 일이군.'

• 다이로쿠텐자카(第六天坂) : 다이쇼 시대에 생긴 언덕

그녀는 슬픈 표정을 지으면서도 동정심에 매달리고 싶어 하는 듯한 기색이었다.

그녀의 머릿기름 향기가 아련하게 코에 스며들었다.

"이렇게 늦은 밤, 여자 혼자 몸으로는 여관에서 재워주지도 않을 터이고 정말 어찌하면 좋을지…"

"그렇네요, 다른 방법 없으려나…"

"부디 처마 밑이라도 좋으니 오늘 밤만 재워주시지 않겠습니까?"

여자는 부끄러운 듯이 말하였다.

사무라이도 그런 생각을 하지 않았던 것은 아니었지만, 다 큰 여자를 남자 혼자 사는 집에 재워주기엔 아무리 생각해도 찜찜했다. 하지만 그렇다고 여자를 두고 갈 수도 없는 노릇이었다 .

"물론 우리 집에 가도 좋습니다만…"

니이타카 산의 새벽, 후지시마 타케지, 1933
新高山の曉, 藤島武二, 1933

"무언가 신경 쓰이는 것이 있으십니까?"

"뭐… 딱히 신경 쓰이는 것은 아니지만"

"그럼 제발 살려주십시오"

"… 괜찮습니다. 다만 저는 남자 혼자 사는 몸이라서…"

사무라이는 조금 붉어진 얼굴로 말했다.

여자의 얼굴도 약간 붉어졌지만, 그 검은 눈동자에는 기쁨이 비쳤다. 그리고 두 사람은 잠시, 아무 말 없이 서 있었다.

벚꽃이 갑자기 그렇게 내리기 시작했다.

이윽고 사무라이는 그녀를 데리고 언덕을 내려왔다. 풀이 무성한 골짜기에는 작은 하천이 흐르고 있었으며 그 위에 걸쳐진 널다리가 보였다. 그 다리를 건너면 대지에 세워진 수용소가 보이는데 가끔 다리 옆에는 수용소에서 사형에 처한 중죄인의 목을 걸어두곤 했다. 두 사람은 그 다리를 오른편에 두고 에도가와 쪽으로 향했다. 그녀는 뒤에서 걸어오면서 피곤했는지 귀엽게 숨을 헐떡거렸다.

사무라이의 집은 칠흑같이 컴컴하였다. 사무라이는 그녀를 문간에 세워두고는 더듬거리며 문을 열고 들어가 등불을 켜고 그녀를 불러들였다. 그리고 두 사람은 등불 앞에 마주 앉았다.

"이 은혜는 잊지 않겠습니다."

여자는 남자의 얼굴을 보자마자 눈물을 흘렸다.

사무라이는 그 모습이 불쌍하기도 하고 기분이 묘하게 좋기도 하였다.

"무슨 이 정도 가지고"

사무라이는 옆 방으로 가 부스럭부스럭 무언가를 찾기 시작했다. 따뜻한 차라도 그녀에게 끓여 주기 위해서였다.

그러자 그녀는 방으로 따라 들어와

봄볕, 코지마 토라지로, 1881
春の光, 児島虎次郎, 1881

"제가 하겠습니다."

라고 말하며 아궁이 앞에 앉아 차를 끓일 불을 피웠다.

따뜻한 차를 들고 두 사람은 다시 등불 앞에 앉았다.

"이런 부탁을 또 하게 되어 송구스럽습니다. 남자 혼자 사시면 아무래도 살림하기 어려우실 겁니다. 그러니 부디 저를 식모도 좋으니 곁에 두실 수는 없으십니까?

조금 전에도 말씀드렸다시피 저는 의지할 곳도 없을뿐더러 후에 결국 어디론가 팔려 가게 될 것입니다. 어쩌면 여자 홀로 이곳저곳을 떠돌다가 어떤 나쁜 사람의 손에 잡혀가겠지요. 거기까지 생각하면 저의 미래가 너무나도 불안합니다. 혹 오랜 시간 곁에 두기 어려우시다면 요 며칠, 이삼일 정도만이라도 부탁드립니다"

사무라이는 이미 그녀를 향한 집착이 끓어올랐다. 그녀를 다른 누구에게도 주고 싶지 않았다.

"그렇다면 앞으로 지낼 거처를 찾을 때까지 여기 있도록

하세요."

"제 부탁을 들어주시는 겁니까? 감사합니다!"

여자의 얼굴이 한층 밝아졌다. 그리고는 기쁨이 넘치는 까만 눈으로 남자를 바라보았다.

사무라이의 눈동자에도 기쁨이 가득했다.

그날 밤은 아침이 올 때까지 따뜻했다. 그녀와 베개를 같이 베고 자던 사무라이는 순간 눈을 떠 보니 날이 환해진 듯하여 그녀를 깨우지 않고 조용히 혼자 일어났다. 일어나 보니 그녀는 새하얀 얼굴을 남자 쪽으로 향하여 기분 좋은 표정으로 눈을 감고 있었다.

사무라이는 부엌을 지나 마당에서 얼굴과 손을 씻은 후 주변 문을 조용히 아주 조용히 열었지만, 여자는 피곤했는지 일어날 기미도 보이지 않았다. 사무라이는 싱글 벙글거리며 쌀을 씻어내 부엌으로 가져와 불을 지피고는 밥을 올렸다. 그래도 여자는 일어나지 않았다. 사무라이는 새어 나오는 미소를 참을 수가 없었다.

밥이 다 지어질 때까지도 여자는 일어나지 않았다. 무슨 일이 있는 것은 아닌가 걱정하여 방 안으로 가보았다. 베개를 베고 있었던 여자의 머리는 베개에서 떨어진 채 창백한 얼굴을 하고 있었다. 사무라이는 깜짝 놀라 그녀가 덮고 있던 당초무늬가 그려진 이불을 걷어보았다.

여자는 몸 없이 머리만 누워 자고 있었다. 목이 베인 상처는 피범벅이었다.

사무라이는 깜짝 놀라 문밖으로 뛰쳐나갔다. 그리고는 이웃 사람에게 검시관을 불러 달라 부탁했다. 수상한 목의 정체는 어제 수용소 문 앞 다리에 걸린 죄인의 목이었다.

그리고 그 죄인은 중죄를 지은 어느 창녀로 초봄에 사형을 확정받았지만, 그 창녀가 감옥 입구에 있던 벚꽃이 필 적에 사형을 진행해 주기를 간절히 애원하였다고 한다. 그리하여 사형집행이 벚꽃이 필 때까지로 연장되었고, 집행 날이 바로 어제였던 것이다.

검시관은 사무라이에게 여러 가지 질문을 하였다. 사무라이는 하는 수 없이 사실 그대로 이야기하였지만 이야기 도

중에 안색이 변하여

"아. 아. 꽃이 진다. 꽃이 떨어진다."

라고 말하더니 벌떡 일어나 문밖으로 뛰쳐나갔다.

사람들이 쫓아가 그를 다시 데려왔지만, 이미 그는 미쳐버려 결국 광인을 가둬두는 방에 갇혀 지내게 되었다.

그리고 매년 봄이 오고 벚꽃이 필 무렵이 되면,

"…꽃이 진다. 꽃이 떨어진다."

라고 중얼거렸다고 한다.

나비, 후지시마 타케지, 1904
蝶, 藤島武二, 1904

봄 공기가 달아서 이 밤도 금방 끝이 나버렸나 봅니다. 마치 피자마자 떨어질 준비를 하는 벚꽃처럼.

봄의 환영

春の幻

토요시마 요시오(豊島与志雄)

1890.11.27 ~ 1955.6.18

일반적인 작가의 이미지가 가난하고 외롭고, 단명하는 것이라면 토요시마는 그 편견을 깬 작가라고 할 수 있다. 토요시마는 도쿄대 불문과 전공으로 『레 미제라블』을 처음으로 번역해 큰돈을 벌었다. 그가 번역한 번역본은 오늘날까지 개정판을 거쳐 많은 사람이 읽고 있는 명작. 그는 주로 번역하며 창작활동을 하였다. 1923년에는 호세이대학 문학부 교수, 1932년에는 메이지 대학 문예과 교수가 되었다. 1952년 장 크리스토프의 작품을 번역하여 막대한 인세를 벌었다. 1955년 6월 18일, 심근경색으로 자택에서 죽음을 맞이한다. 그의 나이 64세였다.

봄을 생각하면 그저 몽롱한 세계의 환영이 떠오른다.

봄이라고 하면 양지에 웅크리고 앉아 있는 고양이를 상징할 수 있겠다. 양지에 앉아 있는 고양이가 가자미 눈처럼 가느다랗게 눈꺼풀을 살짝 열어 보이고는 다시 느긋이 감는 것처럼 봄의 숨결은 세상의 눈을 감게 만든다.

차가운 공기와 따뜻한 공기가 서로 어우러져 눅눅한 안개를 만들어낸다. 빛과 그림자가 뒤섞여 희미한 반영 속에 녹아들고, 사물의 윤곽이 스르르 무너지며 굵고 부드러운 곡선으로 흐릿해진다.

세상에 드러난, 그 깊은 곳에서 내려다보는 신비로운 눈동자가 마치 입김을 내뱉은 유리처럼 부옇게 흐려졌다.

무엇 하나 선명한 것이 없다. 모든 것이 희미하다.

꾸벅꾸벅 평온하게 졸고 있다.

하지만 햇빛을 받은 고양이의 몸이, 육감적이면서도 미묘한 감촉을 불러일으키는 털끝을 가지런히 정리하고, 왠지 모르게 사납고 음탕한 뭔가를 품고 있으면서도 따뜻한 숨을 내쉬는 것처럼, 봄의 숨결에 흐려진 이 눈먼 세상에도 헐떡거린다…… 아니 헐떡거리는 정도까지는 아니어도 봄의 숨결은, 어떤 어수선하고 불안정한 호흡으로 세상에 육감적인 파동을 일으키고 있다.

닿으면 손바닥이 간질간질할 듯한 도무지 수치를 모르는 것 같은 꿈틀거림을 하고 있다. 마치 윤기 있는 여자의 머리카락 한 올 한 올이 흩날리다가, 다시 한 덩어리로 묶였다가 헝클어져 엉킨 모양새처럼.

양지에서 졸고 있는 고양이는 무신론자라기보다 오히려 무신자이다. 그에게는 믿고 있는 신도 없을뿐더러 그에게 군림하고 있는 신도 없다.

신이 없는 세계에서 음탕한 몸을 멍하니 뉘어 햇볕을 쬐고 있는 그는 찰나주의의 향락자다. 신이 없는 지상의 찰나의 향락은 얼마나 매혹적이며 또 얼마나 무기력한 것인가!

여기에 봄의 환락과 애수가 있다.

• 찰나주의(刹那主義) : 과거나 미래를 생각하지 아니하고 현재에 있어서의 순간적인 쾌락만을 추구하는 태도

하나의 모습만을 돌에 새기려는 강한 집착은 이 세계에 존재하기가 어렵다. 하나의 모습에서 다른 모습으로 이쪽저쪽 옮겨가는 곳이야말로 푸릇푸릇한 생명의 기쁨이 있다.

잊힌 모습과 아직 본 적 없는 모습이 현재의 모습 위에 겹쳐져 있기에 애달픈 현혹이 발아하는 곳에는 신이 없는 낙원의 슬픔이 존재한다.

이 세계를 바라보고 있노라면 몽롱함 속에서 점점 여러 가지 형태가 차례차례 떠오른다.

조금 더 알아보자.

복숭아, 벚꽃, 자운영 등의 꽃이 흐드러지게 피어있다. 잎이 적고 꽃이 큼직하게 무리 지어진 것이 마치 조화 같다.

자연에서 피어난 꽃보다도 실내에서 핀 꽃, 종이나 천으로 만든 꽃, 제법 비슷하게 만들어진 꽃들이 얼마나 화려하고 또 외롭단 말인가!

위로는 햇빛을 가려 어두워진 눈먼 하늘이 있다. 구름은

언덕 숲, 코지마 토라지로, 1909
岸の森, 児島虎次郎, 1909

아주 강한 빛이나 바람을 막으려는 듯 가볍기는 하지만 낮고 촘게 깔려있다.

숨쉬기 어려울 정도의 도취(陶醉)가 지상을 지배한다.

자신의 춤사위에 눈이 부신 나비는 미친 듯 갈 곳을 헤매고 있다. 자신의 목소리에 취한 작은 새는 목이 찢어져라 서로 지저귀고 있다.

싹이 움트고 알이 부화하는 온기로, 그들이 사는 대지의 피부는 흥건하게 땀이 차고 간헐적으로 숨 쉬고 있다.

숨과 땀의 증기가 서로 뒤엉키면서 한들한들 아지랑이가 피어나는 한구석에는 아직 등껍질이 설마른 뱀이 음탕하게 몸을 서리고 있다.

풀숲 그늘에는 개구리가 큰 눈을 부라리고 있다. 썩은 낙엽 위에는 민달팽이가 순은의 점액을 바르면서 기어 다니기 어려운지 모퉁이에 숨어있다.

뱀과 개구리, 민달팽이는 서로 무서워하는 사이는 아니다.

무관심한 눈으로 서로를 바라보면서 자기 자신의 추잡한 생각에 넋을 잃고 사색에 잠겨있다. 그리고 그 주변을 감청색에 금색 선이 있는 도마뱀이 팔짝팔짝 머리를 들고는 작은 발로 날쌔게 뛰어간다. 이윽고 그는 목이 말라 아래 턱을 씰룩 씰룩거리며 연못에 물을 마시러 간다.

연못 안에는 진흙투성이 다리를 들여놓은 큰 암컷 두꺼비가 있고, 암컷 두꺼비의 등 위로 짝짓기를 하려는 여러 수컷 두꺼비 무리가 집요하게 달려들어 싸우고 있다.

기력이 다한 암컷 두꺼비는 여전히 등 위에 있는 한두 마리의 수컷에게 붙들린 채, 배꼽도 없는 똥배를 하늘로 향하고는 홀라당 수면위로 떠 오른다.

그런 자연에 둘러싸인 꿀벌의 날갯소리가 들리는 곳. 두 남자가 어린 풀잎 위에 엎드려있다.

한 남자는 기분이 좋은지 윤기 나는 볼을 반짝거리며 열은 햇빛을 품은 미소 짓고 있는 눈으로 혼잣말하듯 이야기를 이어나갔다.

"그래도 어쩔 수 없는 거야. 내 영혼은 풍선과도 같아서 한 곳에 계속 두면 공기가 빠져서 쪼그라들기만 하니까 바람의 사이 사이에 실어 날려야 해.

뭐, 한 명만 선택하라고 한다면? 선택할 수 있는 문제라면 이렇게 고민을 계속하고 있었겠어? 내 눈에는 모든 여성이 똑같이, 각각 다른 색깔로 모두 아름다운 거야.

한낮의 권태로운 시간, 내 마음은 그녀가 있는 곳으로 날아가. 그녀의 작은 영혼을 꽉 쥐고는 하늘 높이 날려버릴까? 땅 위에서 밟아 뭉개버릴까? 아니면 다정하게 안아줄까?

어떤 선택을 할지 어려워 망설이는 사이 시간은 지나가 버려. 그냥 단지 고민하는 그 시간이 즐거운 거야.

바보 같은 망상이 다음에서 다음으로 꼬리를 물고 망상의 중간중간 과연 이 여인은 내가 선택할만한 여인인가? 아니면 좀 더 훌륭한 여인이 있지는 않을까? 전 세계 여인들을 불러 모아 놓고 얼굴을 하나하나 살펴보고 싶은 생각이 들어.

그러다 보면 만사가 귀찮아져. 있는 그대로 모든 것을 수용하고 싶어지는 기분이 드는 거지.

하지만 촉촉한 땅거미 속 밤빛이 켜지면 나는 또다시 살아나는 듯 몸을 일으켜 화려한 환락가를 향해 가는 거야.

그곳에는 풍만한 육체를 연지의 향기로 감싼 수상한 여성들이 내 앞에 늘어서 있어. 어느 얼굴도 기억나지는 않지만, 모든 얼굴에 낯이 익어.

잔에 비친 등불, 옷 스치는 보드라운 소리, 무언가에 가로막힌 도로의 소음, 이 모든 것들이 춤을 춰라, 춰라, 미친 듯이 춤을 추라고 속삭이는 거지.

가만히 있는다는 것 자체가 불가능해.

그냥 엉망진창으로 위태롭게 마음을 부채질하고 싶어져… 이런 망상을 하지 않고는 못 배기는 거지…"

눈을 아래로 내리깐 다른 남자는 그 말들을 듣고 있다가 이윽고 아무 말 없이 일어나 걸어갔다. 고개를 떨군 채 땅

• 연지(臙脂) : 잇꽃의 꽃잎으로 만든 붉은 화장품

우미인초, 쿠로다 세이키, 1909
虞美人草, 黒田清輝, 1909

바닥만 쳐다보며 목적지도 없이 계속 걷는다.

흐리멍덩한 하늘에 언제부터인지 창백한 구름이 끼어 가느다란 비가 소리도 없이 떨어지기 시작한다. 그는 서둘러 자신의 방으로 돌아가 한없이 멍하니 생각에 잠긴다.

짝사랑으로 끝나버린 그녀를, 소심한 탓에 내가 먼저 밀어낸 그녀를.

어느덧 소식도 끊겨버린 지금, 갑자기 애틋한 그녀의 기억이 떠올랐다.

어찌 된 영문인지 속절없이 괴로운 망설임 속에, 망상의 고리를 열 겹, 스무 겹으로 엮어 그녀와 자신을 고리 속으로 휘감아 빠져들어 간다.

그들 위로는 밤이슬이 빈번히 맺히고 깨끗한 아침 햇살이 맑게 갠 상쾌한 세상을 만들어낸다.

막 싹트기 시작한 푸릇푸릇한 꽃과 잎사귀, 이제 막 눈뜨기 시작한 상처 하나 없는 영혼이 한번 부르르 떨더니 눈에 보이지 않는 찬란한 신이 계신 방향으로 머뭇머뭇 눈동자를 들어 올린다.

청명한 구도의 동산이다.

하지만 그것은 단지 순간적이다. 곧 모든 눈동자가 봄의 숨결로 갑자기 희미해진다. 그리고 신이 없는 연약한 지상 낙원에 찰나의 환락과 그곳에서 오는 애수가 모든 것을 감싸 안는다.

나의 이러한 봄의 환영은 얼마나 불안하고 흔들리기 쉬운가. 사실 봄은 너무나 분주하다.

내 개인적인 느낌으로 말하자면 벚꽃이 피기 시작하는 4월 상순까지는 아직도 겨울이며, 나뭇잎이 모두 자라난 신록의 시절 즈음에는 봄과는 또 다른 별개의 세상이다.

• 환영(幻影) : 눈앞에 없는 것이 있는 것처럼 보이는 것.

●

꿈꾸고 바라던 환상에 관한 것이 아닌, 또렷하지 않은, 찰나의 봄의 숨결이 주고 가는 헛된 환영을 담았습니다.

사랑

恋

와타나베 온(渡辺温)

1902.8.26 ~ 1930.2.10

츠쿠지 소극장 여배우인 오이카와 미치코와 연인 사이였다. 둘은 너무 사랑한 나머지 결혼을 결심하게 되었으나 미치코가 병약해 주위의 반대로 헤어졌다.
1930년 2월 9일, 『신청년』 잡지의 편집자로 번역가와 함께 『신청년』에 실을 작품을 받으러 타니자키 준이치에게 찾아갔다가 택시를 타고 귀가하던 중 화물열차와 충돌해 사망했다. 그의 나이 고작 스물여덟이었다. 아이러니하게도 와타나베보다 오래 살지 못할 거라며 파혼당했던 미치코는 와타나베 사망 8년 후 스물여섯의 나이로 죽었다.

해안가에 있는 호텔에서 일어난 이야기입니다.

그녀는 배우였습니다. 나이는 조금 들었지만, 평판만큼은 제일 좋은 배우였습니다. 극장 여름휴가 기간에 혼자 수영하러 바다에 온 것입니다.

그런데 뜻밖에도 호텔 베란다에서 본 낯선 청년에게 첫눈에 반해버렸습니다. 이건 평소 그녀의 삶에서 보자면 매우 드문 일이었습니다. 게다가 그 청년은 전혀 잘생긴 얼굴도 아니었고 오히려 얼핏 보면 어딘가 서툴러 보일 뿐. 하지만 오히려 그런 점이 그녀의 마음을 끌리게 한 것인지도 모르겠습니다.

그녀와 청년은 약속이라도 한 듯 자주 베란다에서 마주쳤습니다. 신기하게도 대부분 남의 눈에 띄지 않을 때가 많았습니다.

'만약에 저 사람이 조금만 뒤를 돌아 나에게 사랑한다고 한마디만 해준다면…'

그녀는 생각했습니다.

'그래도 결혼까지는 너무 간 것 같고. 남동생 핑계를 대볼까? 당신, 어릴 적 죽은 내 남동생과 너무 닮았어요… 라던가 말을 걸어볼까?'

청년도 분명 그녀를 사랑하고 있음이 틀림없었습니다. 그 증거로, 청년은 의외로 겁쟁이라서 그녀와 눈이라도 마주치면 금방이라도 얼굴이 새빨개져 황급히 다른 곳으로 고개를 돌리고는 그저 바다나 솔밭의 경치 같은 엉뚱한 곳만을 바라보았습니다.

혹시 자신이 세상에 알려진 유명한 여배우라는 것을 이 바다표범같이 생긴 내성적인 청년이 알지 못하는 것은 아닌지 의심도 해 보았습니다. 그러나 며칠 전, 바닷가에 웅크리고 앉아 모래 위에 그녀의 이름을 크게 적어둔 것을 발견한 적도 있으니 아닐 리가 없을 것입니다.

그녀는 가녀린 양어깨에 사라사 모양의 고풍스러운 옷을 차려입고는 다소곳이 앉아 청년의 뒷모습을 괘씸한 듯 째려볼 수 밖에 없었습니다.

그녀는 어떻게 해서든 청년에게 다가갈 만한 큰 계기를 만

• 사라사 모양 : 일반적으로 인도 스타일의 고추, 나무, 인물 등을 손으로 그리거나 염색을 한 문양.

들자 생각했습니다.

청년이 수영하러 바다에 갈 때를 노려 그 근처에서 허우적거리며 살려달라고 해볼까도 생각해봤지만, 그 계획은 실행할 수 없었습니다. 황당하게도 청년의 수영 실력은 심각한 수준이라 수심이 허리 정도인 곳에서만 헤엄을 쳤습니다. 이에 비해 그녀는 5마일도 헤엄칠 수 있는 실력의 소유자였습니다.

청년은 모래 위에 드러누워, 저 멀리 빨간색과 파란색이 섞인 스트라이프 무늬의 수영복을 입은 그녀가 가녀린 팔로 물살을 가르며 파도와 놀고 있는 것을 신기하다는 듯 구경하고 있었습니다.

"저기… 실례지만 아가씨…"

마침내 그날 밤, 베란다에서 청년이 그녀에게 말을 걸었습니다.

"실례지만 아가씨… 혹시 아가씨에게 오라버니가 한 분 계시지 않습니까?"

내성적인 청년은 극도로 주뼛주뼛 거리며 더듬거리는 말투로 말했습니다.

"오라버니요? 어… 오라버니가 있냐고 물어보신 거죠…? 네네!! 있고말고요!! 저에게 항상 잘해주시던 오라버니가 한 분 있었습니다!"

여자는 놀라면서도 기쁨에 가득 찬 목소리로 답했습니다.

"그렇습니까? 그럼 그 오라버니와 지금은 같이 지내고 계시지 않습니까?"

"음… 벌써 헤어진 지 오래되었네요. 못 본 지 한 십오 년 정도 된 것 같아요. 그 당시 저는 너무 어려서 우리 가족에게 어떤 사정이 있었는지 그 누구도 저에게 말해주지 않았어요. 그래서 지금도 전혀 알 수 없답니다. 근데 저희 오라버니에게 무슨 일이라도 있는 건가요?"

반짝거리는 눈동자로 그녀가 되물었습니다.

"십오 년이요? 그렇게 오래되었으면 이제는 모습조차 기

• 구도(求道) : 진리나 종교적인 깨달음의 경지를 구함.

국화, 후지시마 타케지, 1928
菊, 藤島武二, 1928

억나지 않으실 수도 있겠군요. 사실… 확실한 이야기는 아니지만… 말씀드리기가 참 어렵네요. 최근 친구에게 들은 이야기가 있는데…"

"그 말씀은 즉 우리 오라버니처럼 생긴 분이 어디선가 살고 있다는 말인지요?"

"뭐… 그런 셈입니다. 자세하게 말씀드리지 않으면 이해하기 어려우실 겁니다. 좀 이상한 이야기로 들릴 수도 있겠습니다… 아마 분명 믿기 어려우실 겁니다."

"믿을게요! 믿고 말고요. 어떤 말이라도"

"사실은… 놀라시면 안 됩니다. 아가씨의 오라버니는 오래전부터 아가씨의 공연을 당신이 동생인지 모르고 전부 보러 갔습니다."

"어머나! 하지만 뭐 모를 수도 있었겠어요. 십오 년이나 만나지 못했고 저는 무대 분장을 한 상태에다가 이름도 완전히 다른 예명을 쓰고 있었으니까요. 게다가 오라버니도 설마 제가 이런 직업을 가지고 있을 줄은 꿈에도 생각 못했을 거예요"

"네. 참으로 그랬다고 합니다. 오라버니는 아가씨와 헤어진 이후 좋지도 그렇게 나쁘지도 않은 형편으로 그럭저럭 지내고 있었습니다. 특히 요즘은 동화 작가로서 꽤 좋은 평판을 얻어 사는 데 불편함 없이 평온한 삶을 살고 있었습니다. 하지만 단 하루라도 아가씨를 잊은 적이 없었고, 하루빨리 찾아서 함께 살고 싶다고 생각했다고 합니다. 그렇게나 아가씨를 생각하며 살았으면서도, 무대 위에서 공연하는 당신 모습에서 가족이었던 어린 동생의 얼굴을 알아보지 못했던 것입니다. 심지어 비극적인 것은 당신을 너무나 깊이 사랑하게 되었다는 것입니다. 사랑을 위해서라면 저 자신도 이 세상도 포기할 수 있을 정도의 마음이었습니다."

"저런…"

그녀는 너무나도 당황했습니다.

"그래서 꼭 결혼해야겠다… 목숨을 걸고서라도 결혼을 하고 말겠다고 굳게 맹세했습니다. 하지만 그 강한 맹세에도 불구하고 당신의 오라버니라고 하는 사람은 말도 안 될 정도로 겁쟁이여서 당신을 직접 만나 그 마음을 전할 용기가 나지 않았다고 합니다. 결국, 오라버니의 제일 친한 친구 한 명이 대신 그 마음을 전하고자 당신이 있는 곳으로 오게 되었습니다."

청년은 말을 잠시 멈추고 한숨을 내쉬었습니다.

"그럼 그 친구분이 당신인가요? 그렇다면 당신은 조금도 곤란해할 필요 없어요."

여배우는 이야기에 감동했는지 상냥한 말투로 말했습니다.

"아니에요, 아니에요. 그런 게 아닙니다. 그렇지 않습니다. 곤란한 이유는 따로 있습니다. 그 친구라는 사람은 멈췄어야 했습니다. 언젠가는 분명 알게 되실 테지만 그 친구는 당신을 만나기 전에 책임감을 느끼고 사립 탐정에게 당신의 주변을 조사해달라고 했답니다. 하는 김에 오라버니 주변도 같이 말입니다. 조사해보았더니 우연히도 두 사람은 한 배에서 나온 당신의 친 오라버니였다는 사실을 알게 된 것입니다. 이렇게 되자 그 친구는 무척이나 당황했습니다. 왜 사랑에 빠졌느냐 탓할 수도 없었습니다. 말했다가는 오라버니라면 분명 실망감으로 인해 자신의 인생을 저주하며 자신을 타락의 길로 이끌고 갈 것이기 때문입니다. 차라리 본인이 그 사실을 몰랐더라면 그 두 사람은 아무것도 모른 채 결혼했을 것이고 그렇게 되면 아무 일도 일어나지 않았을 것을. 지금 와서 후회한들 이미 돌이킬 수 없는 일이었습니다. 불쌍하게도 결국 그 친구는 자책감을 못 이겨 어딘가로 도망쳤습니다. 그 이후 그의 행방은 누구도 알 수 없었습니다."

"………"

"하지만 문제는 사립 탐정이 이 사실을 알아낸 이상, 아무리 친구가 모습을 감춘다고 하여도 언제까지 그 비밀이 새어 나가지 않을 거라는 보장은 없었습니다. 어느 날 밤, 탐정은 술집에서 술에 잔뜩 취해 친구들에게 큰 목소리로 그 비밀을 이야기하고 있는 것을 저는… 네. 그렇습니다. 저는 듣고야 만 것입니다. 저는 말할 것도 없이 충격에 빠졌습니다. 대체 신은 왜 그런 잔혹한 운명의 장난을 친 것인지. 과연 우리가 그대로 받아들인다고 해도 문제는 없는

구름 위를 나는 나비, 미기시 코타로, 1934
雲の上を飛ぶ蝶, 三岸好太郎, 1934

걸까? 나는 비탄하고 슬퍼하고 분노하였습니다. 아무래도 이 문제는 서로를 위해 확실하게 밝혀내야만 했습니다. 결국, 다시 저 스스로 여러 가지 조사를 해 보았고 오늘 아침에 이르러서야 당신을 만나야겠다는 결론까지 도달한 것입니다."

"네? 어떤 건가요? 그럼 당신은 혹시…"

여배우는 감격에 겨워 남자의 말을 끊으며 벌떡 일어났습니다.

"혹시 당신이 그 오라버니 아닌가요?"

"그…그렇긴 합니다만, 아아 그것이 그게…"

청년은 가슴이 답답해 숨쉬기 어려운 듯 말을 더듬거렸습니다.

"아 귀여워."

여배우는 갑자기 청년을 힘껏 끌어안고, 몇 번이고 입을 맞추고는 작은 목소리로 속삭이듯이 말했습니다.

“세상에! 이 거짓말쟁이! 당신이라는 사람은 대체 어디까지 거짓말을 하려고 하는 건지! 나에게는 오라버니 같은 성가신 존재는 단 한 명도 없다고요!”

청년은 안긴 채로 허둥지둥 떨리는 목소리로 변명하였습니다.

“왜냐하면 저는… 제가 말하고 싶었던 것은… 그 조사의 결과, 역시 나와 당신은 친남매 사이가 아니고… 그 친구가 나처럼 당신을 좋아해서 그런 말도 안 되는 말로 조작했다는 내용입니다…”

“바보! 아직도 그런 말을 하는 거야?”

여배우는 마치 신이 난 피아노 소리를 내며 웃음을 터뜨렸습니다.

그리하여 여배우와 그 동화 작가라고 하는 청년과 곧 결혼하여 행복하게 잘 살았다고 합니다.

야시마에서 먼 곳을 바라 봄, 후지시마 타케지, 1932
屋島よりの遠望, 藤島武二, 1932

작가라는 직업은 참으로 매력적입니다. 불행하게 끝나버린 사랑도 영원한 사랑으로 잘 덮어줄 수 있으니. 그가 사랑했던 연인과 꿈꿔왔던 '결혼'이라는 해피엔딩을 작품을 통해서는 이루게 해주고 싶었던 것이 아니었을까요.

이상한 사랑

変な恋

코사카이 후보쿠(小酒井不木)

1890.10.8 ~ 1929.4.1

추리소설가, 의학자. 1914년 동경대 의학부를 졸업하고 대학원에 진학하여 생리학과 혈청학을 전공하였다. 문부성으로부터 해외 유학을 지원받아 영국으로 가지만, 객혈하며 건강이 악화해 귀국하였다. 고향인 나고야로 돌아가 해외 탐정 소설을 번역, 의학 지식을 바탕으로 한 범죄 연구를 진행하였고, 이는 그의 탐정 소설에 많은 영향을 주었다.

이상한 사람이 사랑을 하면 이상한 결말로 끝나기 쉽다.

하지만 아무리 이상한 사람이 하는 사랑이라고 해도 사랑 그 자체가 이상한 것은 아니고, 이상하지 않은 사람이 하는 사랑과 절대 다르지 않다. 그러나 이상한 결말이라면 뭐 '이상한 사랑'이라고 말해도 되겠지.

미국에 뉴욕이라는 곳이 있다. 이렇게 말하면 독자는, 사람을 바보 취급하는 것이 아니냐 할지도 모르겠지만 '런던'이라는 마을이 캐나다에도 있으니 헷갈리지 않게 하도록 잠시 시비를 가리고 싶은 것이라 이해해주길 바란다.

아무튼, 그 뉴욕이라고 하는 곳에는 꽤 이상한 사람들이 꽤 이상한 직업을 가지고 살고 있다. 예를 들면, 말 한마디로 남의 돈을 본인의 것으로 만드는 사람들이 많다. 그런 인간들은 뉴욕에서 키워냈나 싶을 정도로 본디 뉴욕에는 상당히 많았고, 따라서 이상한 사람들이 하는 이상한 사랑이라는 선례 또한 지금까지 수없이 많았다. 그래서 나는 그 중, 한가지 일화를 소개하려고 한다.

이 이야기는 지금부터 약 50~60년 전의 일이다. 뉴욕 맨

해튼 은행 바로 앞에 존 그레이지라고 하는 다이아몬드를 취급하는 보석상이 있었다. 그 당시 존 그레이지는 전 세계에서 몇 손가락 안에 드는 보석상으로 연간 몇십만, 몇백만 엔의 거래를 하고 있었고 어떤 고가의 보석이라도 파는 사람만 있다면 척척 사들이는 곳이었다.

실제로 그레이지 가게에 오는 손님은 보석을 사는 사람보다도 파는 사람이 대부분이었다. 게다가 그 손님은 얼굴에 이상한 미소를 띠며 이상한 말투와 이상한 손놀림으로 돈을 받아 가는 것이었다. 매가는 시가보다도 훨씬 저렴한 편이었으나 파는 사람은 별로 큰 불만이 없는지 유유낙낙 그가 매기는 가치에 만족했다.

바꿔서 말하자면 그런 손님들은 녹림의 도적떼 같은 사람, 즉 보석 도둑이었다. 따라서 그레이지의 정체는 말할 것도 없이 장물아비였다. 그 당시 그는 세계 제일의 장물아비로 평판을 받고 있었다. 장물아비로 유명한 그가 이렇게나 당당하게 장사를 해나갈 수 있다는 것을 조금 이상하다고 생각할 수도 있을 것이다. 하지만 경찰은 명확한 증거를 찾을 수 없어 어찌할 방법이 없었다.

• 녹림의 도적떼 : 녹림(綠林)이라는 중국의 산 이름으로 생활에 궁핍한 농민이 녹림산에서 도적이 되었다는 유래로 도둑, 도적을 다르게 부르는 명칭.

그는 항상 검은 가방 속에 이만 엔 이상의 보석을 넣고 다녔다. 일류 보석감정가인 그레이지는 다른 보석상으로부터 감정을 의뢰받기도 하였다. 하지만 그가 감정한 보석이 시간이 지나 다시 그의 손으로 굴러들어오는 일이 비일비재했다. 경찰의 추측에 의하면, 그가 지금까지 취급한 보석의 가치는 약 천만 엔 이상의 고가에 이르렀을 것이라고 한다.

그는 키가 작고 탄탄한 체격의 남자로 강고한 의지가 미간에서도 엿보일 정도였으며 뉴욕의 암흑계에서 일대를 주름잡는 세력이었다. 그가 한번 입을 열면 범죄자 그 누구라도 감옥에 잡혀가지 않는 사람이 없었기에 억지스러운 이야기도 아닐 것이다.

하지만 어느 날, 강도들이 그가 가지고 있던 가방을 노린 사건이 있었다. 호되게 당한 그 날부터 심장이 안 좋아지기 시작하면서 언제 쓰러질지 모르는 몸 상태가 되었다.

아무리 그래도 심장이 안 좋아졌기 때문이라고 하기엔 좀 억지겠지만, 이 이상한 남자에게 사랑이라는 것이 찾아왔다.

그레이지는 그녀와 함께라면 어디든, 나이아가라는 너무 가까우니까 화엄 폭포에라도 뛰어든다던가 아니면 마츠야 백화점 옥상에서 뛰어내려도 괜찮다고 할 정도의 대단한 사랑에 빠져버렸다.

상대는 뉴욕 어느 부호의 젊은 미망인이었다. 이 젊은 미망인은 돈이 궁하게 되자 소중히 여기던 보석을 팔러 그레이지 가게를 방문하였다. 그녀의 방문은 두 사람이 서로 알게 되는 계기가 되었고, 그레이지는 여자와 보석에 홀딱 반해 그녀가 가져오는 보석을 줄줄이 사들였다.

그러나 보석은 어디에도 무한대로 있는 것이 아니었다. 팔아 버리면 없어지는 것이 당연한 것. 결국 두 사람은 수상한 계획을 세웠다.

그는 그녀에게 보석을 훔치는 방법을 알려주어 그녀가 훔쳐 오는 보석들을 전부 사들였다. 그 당시, 상류층 파티에서 보석이 빈번히 분실되었지만 결국 그 원인은 밝혀지지 않은 채 마무리되었다. 그레이지의 사랑은 점점 깊어져 갔다.

• 화엄 폭포 : 일본 3대 폭포의 하나로 토치기 닛코에 위치한 높이 97m의 폭포.

장미 가시, 타케히사 유메지, 1926
薔薇のとげ, 竹久夢二, 1926

여자는 처음부터 남자가 아주 싫은 것은 아니었다. 하지만 비밀이 알려지게 될까 두려워 남자를 싫어하게 되었다. 그러나 이미 어찌할 수도 없었다. 그리하여 점점 깊은 사이가 될 수밖에 없었다. 달리 좋은 방법이 없으니 여자도 남자를 무척이나 사랑하는 것처럼 연기한 것이다.

남자는 그녀를 사랑하는 마음을 이제 참을 수 없으니 함께 사랑의 도피라도 하자고 했다. 사랑 때문이라면 도피까지 할 필요는 없었지만 단 한 가지, 그의 장물 매매를 입증하는 증거가 점점 경찰의 손에 들어가게 되면서 신변이 매우 위험해졌기 때문이다. 여자는 애초부터 남자와 도피할 생각 따윈 눈곱만큼도 없었다.

궁지에 몰린 끝에 그녀는 늦은 밤, 무서운 계획을 마음속에 품고 남자의 집에 찾아갔다. 같은 시각, 그레이지는 담아 갈 수 있는 보석은 전부 싸두어 여자가 오면 함께 도망갈 생각이었다.

두 사람은 만났다.

그녀는 모피로 만든 토시 안에 무시무시한 독약이 든 병을 지니고 있었다. 그녀는 우리의 새로운 출발을 기념하기 위해 축배를 들지 않겠냐고 말하며 직접 찬장에서 잔 하나와 화이트 와인 한 병을 가지고 왔다. 그레이지가 와인의 마개를 뽑자,

"어머 나란 사람도 참, 잔을 하나밖에 안 가져오다니. 당신, 얼른 잔 하나만 더 가져와 주지 않을래요?"

라며 태연한 척 말했다.

그레이지가 잔을 가지러 가자, 그녀는 재빨리 독약을 잔에 떨어트렸다. 그리고 그레이지가 돌아오자 그녀는 그 잔에 황금빛 화이트 와인을 가득 따랐다.

"자, 이거 들어요"

그녀는 상냥하게 말했다.

그레이지는 기쁜 목소리로 말했다.

"고맙소. 그럼 우리 둘이 이 잔을 같이 마십시다. 사랑의

불꽃 놀이, 타케히사 유메지, 1924
花火, 竹久夢二, 1924

술이잖소"

그는 불타는 사랑의 눈빛으로 먼저 잔을 그녀의 입가에 가져갔다.

그녀는 순간 흠칫했다.

"안돼…!!"

그녀도 모르게 외쳤다.

"나…나는 다른 잔에 마실 거예요. 다른 잔에 따라줘요."

떨리는 목소리로 말했다.

"왜지?"

그레이지의 눈에 처음으로 의혹의 빛이 서렸다.

"내가 당신의 잔에 따라 주었으니 당신도 내 잔에 따라 주어야죠"

그녀는 횡설수설 대답했다.

그레이지는 불쾌한 표정으로 조용히 잔을 들어 입술 근처로 가져갔다. 그리고는 그녀의 얼굴을 지켜보았다. 잔이 입술에 닿는 순간, 그녀의 안색이 싹 변하였다. 그레이지는 순식간에 그녀의 무서운 계획을 간파했다. 그리고는 갑자기 잔을 바닥에 던졌다.

"나를 죽이려고 한 거군? 좋아! 죽일 수 있으면 죽여봐! 나도 당신을 죽여주겠어!"

그는 일어서 그녀의 팔을 꽉 잡았다.

"악!!!!!"

소리를 지르며 그녀는 죽을힘을 다해 그를 뿌리치고 도망쳤다. 그레이지의 손에는 찢어진 그녀의 소매 한쪽만이 남아있었다. 그레이지는 그녀를 쫓아갔다. 아슬아슬하게 그녀가 그의 손에 잡힐 뻔했던 그 순간, 갑자기 그레이지의 눈빛이 사라지고 전신에 힘이 빠지며 옆에 있던 의자 위로 털썩 쓰러졌다. 그리하여 그녀는 위기에서 벗어나 도망칠 수 있었다.

다음 날, 그레이지의 시체가 발견되었다.

경관은 그의 손에 여자의 소매 한쪽이 쥐어져 있는 점, 바닥 위에 잔이 깨져 있는 점, 책상 위에 와인이 남은 잔이 있는 점 등이 의심되어 현장 조사를 진행하였다. 하지만 부검 결과 약물 중독에 의한 징후는 발견되지 않았고 사인은 심장마비인 것으로 판명되었다.

그의 약해진 심장이 순간의 격정에 사로잡혀 멈춰버린 것이다. 결국, 경찰은 여자에 대해서 어떤 조치도 취할 수 없었다.

이야기를 끝내고 보니 그의 사랑의 결말이 그렇게 이상하지도 않은 것 같다. 오히려 내 머리가 이상한 것일지도 모르겠다.

●

사랑을 하면 왜 거짓에 눈 먼 사람이 되는 것일까요? 진실되지 못한 상대방의 말과 눈빛도 그저 달콤하게만 느껴지는 것일까요?

상자 속의 그대
箱の中のあなた

초판1쇄 인쇄 2020년 04월 05일
초판1쇄 발행 2020년 04월 15일

지은이 야마카와 마사오, 무로 사이세이,
하기와라 사쿠타로, 마키노 신이치
히라바야시 하츠노스케, 타나카 코타로
토요시마 요시오, 와타나베 온, 코사카이 후보쿠
옮긴이 최수민, 최선영, 최은경
펴낸이 최병윤
편집자 이우경

펴낸곳 알비
출판등록 2013년 7월 24일 제315-2013-000042호
주소 서울시 서대문구 증가로30길 29-2
전화 02-334-4045
팩스 02-334-4046

종이 일문지업
인쇄 수이북스

ISBN 979-11-86173-78-7 03830
가격 13,000원

이 도서의 국립중앙도서관 출판예정도서목록(CIP)은 서지정보유통지원시스템 홈페이지(http://seoji.nl.go.kr)와 국가자료종합목록 구축시스템(http://kolis-net.nl.go.kr)에서 이용하실 수 있습니다(CIP제어번호 : CIP2020013907).

잘못 만들어진 책은 구입하신 서점에서 바꾸어 드립니다.
알비는 리얼북스의 문학, 에세이, 대중예술 브랜드입니다.
독자 여러분의 소중한 원고를 기다립니다(rbbooks@naver.com).